"A mis hermanas, hijas y sobrinas, que heredaron

de mis antepasados el amor como oxigeno de vida"

La Hija de la muerte

María Cutiño

Introducción:

El reloj de la iglesia del Sanatorio de San Lázaro anunciaba la llegada de la mañana, una mañana radiante de verano, donde infinitos rayos de sol se filtraban por entre los árboles, mientras un gran número de creyentes, se aglomeraba delante del portón, esperando la bendición del agua que caía a raudales de una pequeña fuente. Dentro del santuario el ir y venir de las monjitas, atraían la atención de los curiosos, el blanco de sus vestidos, se movían entre los altares y un aire de inocencia y bendiciones envolvía la capilla, todos esperaban ansiosos la llegada del cura, que debía bendecir el agua, en su ritual mañanero, como cada día, de cada mes, de cada año desde la construcción del santuario.

Las puertas del santuario se abrieron dando paso a la procesión, que purificaría el agua de la fuente; delante el cura; todo vestido de blanco y en el rostro una bella sonrisa de satisfacción, detrás 3 monjitas; cubiertas por el hábito, que escasamente dejaban ver los ojos lo escoltaban portando en mano todos los instrumentos necesarios para la purificación.

Era mi primer día en el Santuario, preparaba un documental para mi revista, a pesar de la desconfianza de mi jefe, que consideraba la historia demasiado religiosa y fanática, pero como decía mi abuela" no dejes jamás que a tu instinto le corten las alas, para que no vuele, si tienes que volar vuela, si caes, échale la culpa al viento, y inténtalo nuevamente, hasta que lo logres, sino te arrepentirás toda tu vida".

Mi interés comenzó durante una visita a la capital para el fin de año. La realidad me golpeó de lleno en la cara, metiendo a duras pruebas mi ateísmo, mientras disfrutaba de unas cervezas con unos amigos en la terraza de mi hotel, sentimos una fuerte algarabía en las calles, la curiosidad de periodistas nos hizo correr a la terraza, y quedamos impactados por lo que veían nuestros ojos, una imagen increíble, aterradora y curiosa al mismo tiempo.

En el centro de un molote de gente, un viejo todo ensangrentado y adolorido caminaba arrodillado, arrastrando una gran piedra de un tamaño gigantesco amarrada a una soga. Su rostro denotaba cansancio y dolor, pero al mismo tiempo una mirada de alegría y una gran satisfacción asomaba a su viejo y arrugado rostro, sus flacas piernas trataban de mantenerlo en pie, mientras que los curiosos le ofrecían agua de una jarra. Vestía solamente de harapos en telas de saco; un pantalón roto en las rodillas y una vieja y sucia camisa de color morado, al cuello anudado había un pañuelo rojo, todo su cuerpo masacrado de heridas y moretones, dejaban un rastro de gotas de sangre rojísima sobre el pavimento y un dolor inmenso en nuestros corazones. No lográbamos entender que sucedía, ni porque aquel pobre viejo no se rebelaba, pensando que era obligado a realizar tal acción de salvajismo, pero éramos solo ignorantes de una creencia y una cultura diversa a la nuestra, donde el dolor se convertía en satisfacción, donde la adoración se convertía en sacrificio, donde las promesas se cumplían aunque para ellos, estuviera en juego la propia vida.

Durante días me metí de lleno dentro de los libros de la Biblioteca Nacional, tratando de darle una justificación real a mi historia, una explicación para aquel gesto, una respuesta inexplicable a tanta crueldad, encontrando historias diferentes sobre la adoración a este santo, una de ellas escrita de Osvaldo Rodríguez, donde refería la leyenda de San Lázaro como un santo que nació en un aldea cerca de Jerusalén, de familia acaudalada. Tenía una hermana mayor de nombre Marta y otra destinada a ser famosa: María, propietaria del Castillo de Magdaleón, por eso llamada María Magdalena.

Cuentan que Jesús era amigo de la casa y gustaba de visitarla. El evangelio asegura que Lázaro enfermó y murió, pero al cuarto día fue resucitado por Jesús. Lázaro tuvo que abandonar el país y llegó a Francia, donde fue Obispo de Marsella, bajo el imperio Domiciano. Fue hecho prisionero y ejecutado, es presentado envuelto en vendas, como acostumbra a hacerse con los cadáveres de los judíos, ello explica una interpretación de asociar esa imagen al Lázaro que adoran los cubanos, que en el sincretismo religioso con las deidades africanas, se le denomina Babalu Aye.

Según otras fuentes encontradas en mis investigaciones denominan a Lázaro como un nombre derivado del idioma Israel, que quiere decir "dios es mi auxilio". Continúan diciendo que el santo se hizo famoso porque tuvo la dicha de recibir uno de los milagros más impresionantes de Jesucristo: su resurrección; después de llevar cuatro días enterrado.

Lázaro, según el escrito católico, era el jefe de un hogar donde Jesús se sentía verdaderamente amado. A casa de Lázaro llegaba el redentor como a la casa propia y esto era muy importante para Cristo, porque él no tenía casa propia. El no tenía ni siquiera una piedra donde recostar la cabeza. En casa de Lázaro había tres personas que amaban a nuestro salvador como un padre amabilísimo y como el mejor amigo del mundo.

En la tumba de un gran benefactor escribieron esta frase: "Para los pies fatigados tuvo siempre listo un descanso en su hogar". Esto se puede decir de san Lázaro y de sus dos hermanas:

Martha y María. La resurrección de San Lázaro, continúa el escrito, es una de las historias más interesantes que se han escrito. Es un famoso milagro que llena de admiración.

Un día se enferma Lázaro y sus dos hermanas envían con urgencia un mensajero a un sitio lejano donde se encontraba Jesús. Solamente le llega este mensaje "Aquel a quien tu amas, está enfermo". Bellísimo modo de decir con pocas palabras muchas cosas. Si lo amas, estamos seguros de que vendrás, y si vienes, se librará de la muerte. Y sucedió que Jesús no llegó y el enfermo seguía agravándose cada día más y más. Las dos hermanas se asomaron a la orilla del camino y Jesús no apareció. Envían a los amigos que se asomen a las colinas más cercanas y atisben a lo lejos, pero Jesús no llegó.

De Jerusalén vienen muchos amigos al entierro de Lázaro y sus dos hermanas gozan de gran estima ente la gente, pero en el entierro falta el mejor de los amigos de Lázaro: Jesús. El que es uno de esos amigos que siempre están presentes cuando los demás lo necesitan.

Al final del cuarto día llego Jesús, pero ya era demasiado tarde, las dos hermanas salen a encontrarlo llorando, si hubieras estado aquí.

Oh mi señor, si hubieras llegado antes, nuestro hermano no hubiera muerto.

Jesús respondió;- Yo soy la resurrección y la vida. Los que creen en mi no morirán para siempre.

-Lázaro: yo te mando: sal fuera. Con frase poderosa, resucitando a Lázaro después de cuatro días de muerto ante la alegría de quienes estaban presentes.

En Cuba transformó su carácter convirtiéndose en el Orisha de las curaciones, en el dios esencialmente misericordioso. Para los creyentes cubanos es un dios puro y se destaca sobre todo por el amor hacia las plantas y los animales así como su conocimiento sobre sus poderes curativos. Tiene mucho "mundo andado" y mucha sabiduría acumulada. Tiene su panteón en el pueblo habanero de El Rincón, donde está el Leprosorio Nacional.

Patiquín de Babalu Aye:

Su cuerpo lleno de llagas y póstulas es un castigo por no obedecer las normas sagradas (Alofi le había dado haché para poseer a todas las mujeres y Babalu, engreído, cometió excesos y no observó la abstinencia obligada del jueves santos. Murió muy pronto y fue Occhun quien logró que Alofi lo resucitara). Es por esto que Babalu conoce bien lo mucho que sufren los enfermos y a su regreso se convirtió en un santo curativo y misericordioso.

<u>**Sincretismo**</u>

Debido a la imagen con la que representa a San Lázaro (cubierto de vendas, como se acostumbraba a hacerle a los cadáveres de los judíos) a Babalu se le sincretizó con este Santo Católico que a su vez era de gran popularidad en Cuba.

Su color: El morado y ocre

Su número: El 17

La peregrinación cada año supera los 15 000 asistentes, por lo que las autoridades cierran las calles de acceso al santuario para evitar accidentes entre los peregrinos que arrastrándose, o de rodillas recorren infinidades de kilómetros hasta llegar al Santuario del Rincón. La Iglesia Católica Romana no quiso reconocerlo, canonizando a otro San Lázaro, Es por ese motivo que la estatua se encuentra delante de la puerta de la iglesia, dando la bendición a los que visitan el santuario, un viejo flaco y desgarbado, con las costillas fuera de su cuerpo esquelético, vestido solamente con harapos, arrastrando dos muletas de maderas y rodeados de perros, que limpian sus piernas llenas de llagas. En el cuello flaco una gran luz emana de las cadenas de oro, dejada en ofrenda por los peregrinos y sobre la espalda una capa morada.

Estaba casi finalizando mi jornada de fotografías, cuando a través de las cercas vi acercarse una guagua con enfermos de la Finca de los Cocos, una Clínica de Recuperación para los enfermos del SIDA, eran en su mayoría muchachos jóvenes que reían como si estuvieran realizando una excursión escolar. Se dirigieron hacia la estatua, poniéndole sobre el cemento infinidades de flores de diferentes colores. Al final del grupo llamó mi atención una bellísima muchacha que traía en la mano un inmenso ramo de girasoles, lo puso delante de la estatua y se arrodilló besando los pies del santo. Sus ojos de un azul celeste estaban fijos en la estatua, dos lágrimas comenzaron a deslizarse sobre sus blancas mejillas, mientras sus manos colocaban en el cuello del santo una bellísima cadena de oro con una pequeña cruz.

Por un momento todo quedó sumido en un silencio de respeto, que duró algunos minutos, la vi alzarse, pasar la mano sobre su rostro lleno de lágrimas y sonreír al grupo en señal de gratitud, indicando el camino hacia la guagua. La visita al templo había terminado, pero había quedado inmortalizada para siempre en mi cámara fotográfica.

Mi curiosidad era demasiada, comencé a indagar entre las monjitas y el cura de la iglesia, pero todas las respuestas eran negativas, ninguno la conocía. El desaliento comenzó a invadirme, casi al punto de decidir eliminar la foto de la cámara, por no tener respuestas sobre su identidad, con que justificar mi historia.

Había pasado una semana del primer encuentro, cuando vi aparecer nuevamente la guagua de la Finca de los Cocos, los muchachos reían, mientras corrían en dirección a la fuente. Durante un rato bañaron sus manos, y hasta algún gracioso metió la cabeza debajo del agua, seguido por el regaño de la enfermera que los acompañaba, para luego dirigirse a la iglesia a pedir la bendición del santo.

La joven enfermera, risueña, les hacía señales de bajar la voz para no perturbar a los creyentes que rezaban dentro de la iglesia, pero inevitablemente el sano reír de su juventud no turbaba a nadie. Esperé que pasara delante de mi cámara para atreverme a preguntarle por la joven de los girasoles. Supe por ella que está dando una conferencia en Camagüey, en otro asilo para enfermos del SIDA, me prometió hablarme de su historia, durante el almuerzo. Mi ansiedad era tanta que guardé la cámara y saqué la grabadora, no quería perderme el más mínimo detalle de su historia, así supe que se llamaba Isabel y estaba muriendo de SIDA.

Me dediqué por entero a recoger informaciones con conocidos y parientes, visité la casa de Miramar, recolecté toda la información necesaria, hasta llegar a saber la verdadera historia, que se ocultaba detrás de esos bellísimos ojos azules, copié página tras página, hasta que logré escribir este libro en el verano del 1998, con un solo nombre: Isabel

Isabel

Las calles de Miramar abrían sus ojos a una bellísima y soleada mañana de verano, donde el sol del Caribe, dejaba infinidades de figuras sobre la calle, mientras se colaba por entre los árboles frondosos, que protegían de insolaciones a los habitantes de esta exótica isla.

Era una zona bellísima, residencial, pero poco poblada, grandes mansiones ocupaban extensiones de tierra, todas bordeadas de altas rejas de cerca que impedían la mirada curiosa de los pasantes y ocultaban las tristes historias que se desarrollaban dentro, solo se podían ver árboles y flores que rebeldes escapaban detrás de la cerca para fundirse en un abrazo mortal con las rejas de hierro, como si quisieran escapar, quien sabe de qué prisión, misterio o encierro. Era una zona solo para ricos, o dirigentes, casas abandonas por otros ricos propietarios que se fueron para EEUU durante el triunfo de la revolución, ocupada ahora en su mayoría por artistas, y políticos.

De una casa pintada de blanco salía una muchacha de alrededor de 18 años, rubia, con un pelo lacio que caí detrás de su espalda, casi hasta su cintura, llevaba un pitusa y una camisa azul abotonada solo hasta el centro del pecho dejando ver la curva delineada de unos senos perfectos, adornada por una cadena de oro con una cruz con la imagen de Babalu Aye, que resaltaba sobre su piel de un blanco nacarado. Todo en ella emanaba belleza, aunque sus ojos, dejaban entrever una prepotencia y una altivez dignas de una reina.

-Niña Isabel- gritó una señora vestida de uniforme desde dentro del garaje

-Si Mama Rosa, por favor no me grites en la calle, dime qué quieres, que llego tarde a la escuela- contestó mostrando una nariz respingada y altanera como si el mundo debiera postrarse a sus pies.

-Se te olvidaba que debes llevar esta carta al director, recuérdate que tu padre dijo que él no puede ir a la reunión- dijo dándole un sobre cerrado.

-Está bien, que jodedera, siempre es lo mismo, - contestó abriendo la máquina de color blanco parqueada en la puerta, tiró la puerta con soberbia y arrancó alejándose, mientras dejaba tras de sí un chirrido de muerte de sus neumáticos y una nube de polvo de la calle.

-Esta niña, no escarmienta- comentó Mama Rosa frunciendo su viejo rostro en señal de descontento.

Mama Rosa era una vieja mujer, negra como el carbón, pero con unos dientes blancos y brillantes, que deslumbraban todavía con su sonrisa, siempre a flor de piel, gorda, que a duras penas lograba levantar los pies del suelo. Había visto nacer a Isabel, trabajaba para su abuela mucho antes de nacer la madre de Isabel, la quería como si fuera su propia nieta y no veía con agrado en lo que se había convertido después de la muerte de su abuela.

Entró en la casa todavía refunfuñando, mientras a su boca asomaban palabras incoherentes en un idioma desconocido, dentro todo denotaba buen gusto y dinero, adornos de porcelana, equipos de música, videos, televisores, y todo lo necesario para demostrar al mundo que eran ricos. Además de Mama Rosa, estaba Pepe el jardinero; un joven campesino que sus padres habían traído de Santiago de Cuba, en busca de fortuna y un chofer, que cuidaba y daba mantenimiento a los carros. Al final de la sala un gran salón de música, una biblioteca, una cocina gigantesca y una amplia escalera de mármol que conducía a los diez cuartos en la segunda planta de la casa.

La casa terminaba en un amplio patio de árboles frutales y al fondo la piscina, toda rodeada de mesas, sillas, sombrillas, y un pequeño horno para los asados ocasionales. La cerca lo rodeaba todo, envuelta en ciclaminos y girasoles.

La madre de Isabel descendía de una familia rica. Su padre había sido embajador en Europa por más de 10 años y su madre era hija de terratenientes, dueños de tierras y centrales pero lo habían perdido todo, durante la apropiación de la ley de reforma urbana dictada por el gobierno durante el triunfo de la revolución. Su familia en su gran mayoría había abandonado la isla en dirección a los EEUU, pero la abuela de Isabel era comunista, había luchado por su país cuando la guerra contra el Presidente Machado. Y seguía apoyando a la revolución, aceptando la apropiación de sus tierras con la ironía de que debía ayudar a los demás, crió a su hija la madre de Isabel en esta casona de Miramar, que fue lo único que no perdió.

Su hija estudio música en el conservatorio, pero no tenía sus ideas, era más bien capitalista, le gustaba la buena vida y se esforzaba por conseguirlo, criticando mucho a su madre por haber aceptado la expropiación de su fortuna, pero tuvo que resignarse. Siempre viajaba al exterior dando conciertos en los mejores teatros del mundo. Había vivido en el exterior por más de 15 años, casándose al final con un abogado corrupto, pero de su mismo medio social.

El matrimonio no duró lo suficiente y la madre de Isabel volvió a casarse; esta vez con un empresario del turismo, que robaba el doble de lo que trabajaba, dándole a Claudia y a su hija Isabel lujos, viajes, y todo aquello que le pidieran, convirtiendo sus vidas en el paraíso terrenal, añorada por muchos y conocida por pocos.

La abuela se había hecho cargo de criar a Isabel, porque su hija viajaba demasiado para atenderla, hasta que una mañana la encontraron muerta entre las matas de girasoles del jardín, cuando Isabel tenía solamente 10 años. Sus padres regresaron de Europa para cuidar a Isabel, dejándola nuevamente sola al cuidado de mama Rosa, dos días después del funeral.

Su vida transcurrió entre criados y profesores privados que daban repasos en la casa, bajo la mirada atenta de mamá

Rosa, pero sus padres en cada regreso la malcriaban dándole respuestas a sus pequeños caprichos, quizás por sentirse culpables de no atenderla ni darle todo el amor que ella necesitaba para sus pocos años. Era una niña viciada, malcriada y soberbia. Con solamente 18 años le habían comprado una máquina que estaba registrado al nombre del padre, pero que verdaderamente era de Isabel para ir a la escuela; una pequeña WB de dos puertas color blanco metálico. Estudiaba piano en el conservatorio, pero sus notas dejaban de ser aceptables para ser desastrosas, los profesores insistían en hablar con los padres, pero entre viajes de trabajo y placer, el tiempo jamás era suficiente para controlar a Isabel.

Poco a poco y sin darse cuenta la habían dejado que dirigiera su pequeña vida, a nadie le importaba si estudiaba, o se divertía, solamente que no molestara, y como es lógico, ella lo cumplía al pie de la letra, entre parrandas, borracheras y juegos.

Isabel detuvo la máquina delante de una casa igual a la suya, pero mucho más lujosa, se detuvo en la puerta y tocó. Abrió la puerta una señora negra, aparentemente la criada por el uniforme azul, y el delantal.

-¿Me llama a Pilar, por favor?-

-Entre y siéntese, está terminando de vestirse-

-No preocuparse, la espero en la máquina, dígale de apurarse-.

Durante un rato escuchó música, hasta que vio abrirse la puerta y salir una joven trigueña de pelo corto y rizado, envuelta en una minifalda, y con un violín en su estuche.

-Buenos días, princesa, si sigues así no nos dejarán entrar-

-Mejor, nos vamos hacer ejercicios al gimnasio del Hotel Nacional- dijo sonriendo

-¡No! debemos dar al menos la clase de hoy, porque estamos metidas en tremendo problema con las ausencias- contestó- Además no tenemos suficiente asistencias para ir a los exámenes, si seguimos así...

- No preocuparte, cualquier cosa le digo a mi padre de ir a la escuela- dijo guiñando un ojo en señal de picardía.

-¿Tú piensas que tu padre va a sacar la cara por ti?- preguntó sonriendo

- Más o menos, con unos pesos se arregla el criterio de cualquiera- sonrió, entrando dentro de la máquina, que partió al vuelo.

Atravesaron toda la ciudad hasta la Habana Vieja, se detuvieron en una gran casona, donde conversaban alegremente dos muchachas, que al verlas llegar le sonrieron, saliéndoles al paso.

-¡Miren eso, que milagro, pensaba que estaban de vacaciones!, el director está en candela con ustedes, ¿por qué no fueron a la función de ayer?- preguntó uniendo las cejas en señal de desaprobación.

- Nos fuimos para Varadero con unos amigos míos- contestó Isabel, nos divertimos   mucho, ron, sexo y música; la verdadera vida- dijo sonriendo mientras entraba dentro del edificio color blanco- dijo alzando la nariz en señal de altanería.

Durante la mañana permanecieron en clase, hasta el mediodía que salieron como almas que lleva el diablo en dirección a la máquina, se dirigieron al Hotel Nacional , hicieron ejercicios en el gimnasio durante dos horas, se bañaron y se sentaron en la piscina a tomarse unos mojitos. El camarero les sirvió amplias copas con removedores en forma de mujer, y una planta de hierba buena, que quería salirse de la copa y que Isabel trataba de mantener dentro a la fuerza. Durante un rato rieron y conversaron, hasta que apareció un muchacho que les hizo virar la cara en señal de aprobación.

-Mira eso mi amiga, que colirio*, parece turista, apostamos a ver quién se lo lleva con la mirada- dijo Isabel desafiándola
-Está bien, pero sin hacer trampas- contestó Pilar

Se sentaron de frente al muchacho acabado de llegar a la piscina, mirándolo con descaro y taladrándolo con la mirada, el muchacho ni las miraba, hablaba amigablemente con el cantinero. Era alto, bellísimo, de pelo y ojos negros como la noche, medio desnudo, su pecho bronceado por el sol brillaba de sudor, solo vestía un short con sandalias de cuero, y jugaba con unos espejuelos de sol, que hacia bailar delante de sus ojos, mientras mordisqueaba una de las patas nacaradas.

Cuando terminó de hablar con el cantinero, se tiró sobre la silla de extensiones, se puso los espejuelos y fingió guardar la piscina y los pocos bañistas que a esa hora, tomaban el sol, intentando conquistar los pequeños rayos, que impacientes atravesaban la ventana del lobby. Isabel decidió afrontarlo, se alzó de la banqueta del bar y se dirigió con pasos determinados en dirección al muchacho, que fingía leer una revista.

Al pasar por su lado dejó caer intencionalmente los espejuelos de sol, se agachó a recogerlos, tropezando con la revista y tirándola en el suelo.
-Discúlpame, fue sin querer- dijo, poniendo cara de carnero degollado, mientras sus ojos se perdían en una mirada azul, transparente, penetrantes y sensuales.

-! No, no hay ningún problema, la culpa es mía, estaba demasiado fuera de la silla- le sonrío, mirándola de arriba a abajo sin dejar de notar la belleza criolla, que tenía delante.

- no preocuparte es un poco refunfuñona, pero está vacunada contra la rabia, te lo aseguro, muerde, pero no se infecta- dijo mientras reía.

-Yo me llamo Marcos, estoy de vacaciones con unos amigos mejicanos- dijo haciéndole señas al camarero, que diligente atravesó el espacio que los separaba con una libreta de notas para prender las ordenaciones.

Decidieron qué tomar, mientras reían amigablemente. Estuvieron conversando un buen rato, hasta que Marco las invitó a jugar billar en la sala de juegos del hotel. Atravesaron el amplio pasillo y entraron en el billar, que a esta hora de la mañana estaba desolado. Pidieron algunos tragos nuevamente y se acomodaron delante de la mesa, mientras Isabel seleccionaba los tacos.

-Isabel, mis amigos tienen una fiesta en Santa María del Mar, si quieren pueden venir conmigo- sonrió.

-Está bien, me pongo de acuerdo con Pilar y te digo más tarde cuando venga al gimnasio- respondió mientras dejaba ver unos dientes blancos como la nieve y una mirada que comenzaban a derretir hasta el hielo de las copas.

-Cuéntame algo de ti Marcos- dijo mordisqueándose los labios en señal de picardía.

-¿Qué quiere que te cuente?, vivo en el Vedado, solo, porque mi familia se fue del país hace más de 10 años, primero vivía con mi padre, pero se casó con una bruja y se fue de la casa, ahora estoy mejor, completamente solo....- dijo sonriendo con picardía, gasto el dinero que me dejó mi abuela y vivo la vida.

-Así es como vale la pena vivir,- dijo sonriéndole con picardía

-Ahora te saludo, tenemos un compromiso para comer en casa de unos amigos de mi padre, y si llego tarde, me matan- dijo saludándolo y virando su espalda, mientras contoneaba sus caderas, dejando un fuerte olor a perfume "Paloma Picazo ", en la piscina.

Se acomodó al timón, dejando correr la máquina por las calles de La Habana, hasta que se detuvo delante de la casa de Pilar.

-Oye Niña, ¿vamos esta noche a Santa María?-

-¿A qué hora?, si tú tienes una comida esta noche.

-No preocuparte me escapo, Ay madre mía, que ojos –dijo suspirando largamente

-¿Enamorada? entonces por qué le dijiste que no sabías si ibas o no.

-Claro, solo que me gusta que sufran un poco, así caen mansitos- dijo riendo a carcajadas, se besaron dándose cita para las 10 de la noche.

Isabel   arrancó   en   dirección a su casa,   casi estaba oscureciendo, guardó la máquina en el garaje y entró.

La sala estaba desierta, en la cocina encontró a mama Rosa.

-Niña siéntate para que comas algo.

-No, no tengo hambre.

-Si sigues así hablaré con tu madre, me va a sentir, te vas a enfermar, amor mío, come algo caliente. Dijo acariciándole con cariño los pelos que escapaban del lazo en la cabeza.

Isabel le besó la cabeza rizada y subió las escaleras, en dirección a su cuarto, encendió su equipo de música, y comenzó a desvestirse, lanzando toda la ropa sobre la cama, se metió en el baño y dejó correr el agua dentro de la bañadera ,hasta que estuvo llena, vació casi un pomo de gel de baño, se preparó un Whisky con hielo, en una copa alta de la repisa y se metió en el agua lentamente, hasta quedar cubierta por entero de una espuma blanca , que caprichosamente jugaba a esconder su cuerpo, sin conseguirlo.

Durante un buen rato perdió la noción del tiempo, nada le preocupa, tenía todo lo que necesitaba, pero muy dentro de su alma, un poco de soledad comenzaba a cubrir su vida. Las cosas materiales las tenía todas, según deseaba algo, sus padres como por encanto, se la ponían en sus manos, sin importar el costo, pero había momentos en que sentía la nostalgia de su abuela que le llenaba el cuarto de girasoles, "para que siempre el sol proteja a mi princesa" decía, todas las mañanas cuando la despertaba. Movió la cabeza para alejar sus pensamientos y salió de la bañadera.

Pasada las 9:00 de la noche se vistió y bajó a comer, la mesa estaba preparada solamente para ella, sus padres no habían regresado aún y habían dejado un mensaje que llegarían pasada la medianoche. Comió lentamente bajo la mirada severa de mama Rosa, disfrutando cada cucharada de comida, cuando terminó subió a su cuarto, se enfiló otro pitusa en negro, una camisa blanca de seda solamente abotonada al centro, se perfumó, y salió dejando todo el cuarto y los pasillos llenos de "Paloma Picazo".

La casa de Pilar, a pesar de ser grande, era diferente, sus padres eran médicos y tenían sólo lo necesario, aunque tenían una criada para los trabajos domésticos.

-¿Pilar, puedes decirme a dónde vas hoy?

 Preguntó la madre, asomándose en el cuarto, todo pintado de rosado, con grandes ventanales que se abrían a una calle silenciosa.

-Voy con Isabel a santa maría, tenemos una fiesta.

-Pero sabes que no me gusta Isabel, está demasiado suelta, hace lo que quiere y para colmo ni estudia.

-No mamá, no preocuparte, no volverá a ocurrir, es sólo este fin de semana, la próxima comenzaré la escuela dando el máximo para recuperarme,

-Ok, confió en ti, pero por favor, piensa con tu cabeza y no pienses con la cabeza hueca de Isabel, me lo prometes.-dijo besándole la cabeza y apretándola fuertemente en un abrazo.

-Claro, te lo prometo, no debes preocuparte.

Isabel recogió a Pilar en su casa, partieron a gran velocidad, en dirección a las playas de Santa María del Mar, manejaron durante un rato, hasta que comenzaron a divisarse las luces de la playa, buscaron la dirección en la bolsa, comenzaron a buscar la casa.

Al final de un buen rato la encontraron, se alzaba sobre dos piso, altanera y desafiante de frente al mar. Era una bellísima mansión, con un gran puente de madera que finalizaba entre las olas , dentro todo era lujoso, bellísimos muebles, adornos de porcelana, equipos electrodomésticos y una música ensordecedora que salía por los cristales, hasta perderse en la playa desierta, confundiéndose con el rumor de las olas sobre los arrecifes.

En los portales que rodeaban la casa algunas parejas deleitaban algún que otro trago. Mientras reían a la vida.

Entraron y vieron a Marcos que conversaba animadamente con dos muchachas, se acercaron sonrientes.

-Qué maravilla, pensaba que ya no venían- dijo besándola dos veces en la mejilla.

-Pude escaparme temprano, así que estamos aquí- dijo con ironía.

-Estas bellísimas- dijo Marcos acariciándole el brazo.

-Bríndame algo de beber, y quítame los dedos de arriba que tú no eres panadero y yo no soy tu harina- dijo quitándole el brazo y sonriendo.

Marcos se dirigió a una gran mesa donde se agolpaban diferentes platos llenos de bocaditos, entremés, saladitos para diferentes gustos, donde un joven vestido de camarero servía los tragos.

Regresó con tres cervezas Hatuey, se sentaron en un amplio corredor, Pilar se alejó dentro del jardín para no disturbar, dejándolos solos.

-¿De quién es esta casa?-

-Era propiedad de mi padre, pero se la dejó a mi tío, que trabaja en una corporación, mis primos solamente la utilizan para las fiestas, porque como es aislada nadie nos molesta-

-Sí, parece un buen lugar, no hay una casa en 50 metros a la redonda, si gritas nadie te oye-

-¿Por qué, tienes miedo?- ¿piensas gritar?-

-No, no preocuparte, conmigo nadie se mete- dijo sonriéndole mientras alzaba la ceja en señal de respeto.

Pasada la medianoche comenzaron a quedarse solos, no había vuelto a ver a Pilar, desde que la vio salir con un muchacho a fumar un cigarro de marihuana.

Marcos encendió uno y se lo pasó, Isabel lo fumó lentamente sin negarse, deleitándose con las burbujas de humo que se elevaban al cielo, quedaron en silencio por un rato, su mente voló sobre el mar, dejó que el sonido de las olas la ensordeciera, robándole el respiro, robándole el tiempo, robándole la vida.

-¿Tienes que regresar a tu casa, como las niñas buenas, o puedes quedarte hasta mañana?-

-No, a mí nadie me controla, así que vamos a bañarnos a la playa- dijo arrastrándolo detrás de sí. Espero que no le tengas miedo a los tiburones- jaraneo.

La orilla estaba desierta, sólo algunas parejas revoloteaban donde el agua golpeaba la arena, levantando grandes olas de espuma, el olor a salitre lo envolvía todo, por lo que Isabel no lo pensó dos veces, se despojó de toda la ropa y se metió en el agua, nadando a grandes brazadas en dirección al horizonte, Marco la siguió complacido, juguetearon en el agua, hasta dejarse caer cansados, dejando que sus cuerpos se confundieran con la espuma blanca.

El agua caliente del Caribe bañaba sus cuerpos, fundidos con la arena y la espuma, en un solo abrazo, en un solo beso durante toda la noche. El cielo abrió sus puertas infinidades dos veces, para dejarlos caer agonizantes de pasión sobre la blanca arena, en el horizonte una estela de luz, giraba en círculos, dejando millones de rayos de luces sobre el agua oscura e impenetrable, era la luz del faro, que protegía la bahía, y a esta hora de la noche, era bastante visible en las playas del este.

-Sabes una cosa chicho- dijo acariciándolo con dulzura.

-Dime mamita-le dijo con cariño

-Me gustaría tanto vivir así cerca del mar, este sonido de las olas contra los arrecifes de la playa, este silencio, y sobre todo este olor a salitre, es maravilloso.

-Compraré para ti una playa desierta, tú, yo y la arena blanca,

-Mentiroso- dijo golpeando su espalda con un poco de arena.

-Si no la puedo comprar, al menos te llevaré a vivir a mi casa de Boca Ciega, siempre está cerrada, y las playas son totalmente desiertas, será nuestro rincón.

-Pero primero tenemos que casarnos, sino mi padre me mata-

-Nos casaremos y nos iremos a vivir a Boca Ciega- puntualizó mientras la besaba ardientemente, las olas cubrían casi todo su cuerpo, en una carrera loca por conquistar la orilla.

Cuando abrió los ojos estaba amaneciendo, pequeños rayos de sol, se perfilaban en el horizonte, destellando franjas de luces que revoloteaban sobre la espuma blanca de la orilla, mientras la playa continuaba desierta, se levantó, recogió la ropa regada, por toda la orilla, se vistió y despertó a Marcos, lanzándole grandes manazas de arena sobre el cuerpo.

-¡Arriba amiguito!, está amaneciendo, vístete antes que llegue la policía y te meta preso por atentado a la moral- dijo riendo, mientras corría en dirección a la casa.

Marcos la seguía, en una carrera desenfrenada, como si pudiera perderla, como la arena la estuviera alejando de sus brazos, hasta la misma casa, donde se detuvo riendo.

-Silencio, todos duermen- le dijo tapándole la boca, para evitar que su risa despertara a los demás.

El silencio confirmó la duda de Isabel, todos dormían, hasta su amiga Pilar, roncaba sobre un sofá en los brazos de un joven rubio y fuerte, caminó despacio para no despertarlos y se metió en el baño, dejando que el agua caliente cubriera todo su cuerpo cansado. Cuando salió, Marcos preparaba el desayuno con otra muchacha que no conocía, verdaderamente no había visto casi a nadie, había permanecido en la playa casi toda la noche, mientras el grupo se emborraba en los jardines de la vieja casona.

Se sentó y desayunó con apetito, mientras dejaba caer picaras miradas sobre Marcos, que le sonreía feliz. En la puerta apareció Pilar, restregándose los ojos todavía dormidos.

-Qué bueno que se desayuna, tengo un hambre de perros- dijo prendiendo una taza para el café. -¿Tu amigo todavía duerme?- preguntó Isabel. -No es amigo, ni lo conozco, verdaderamente no sé ni cómo se llama, creo que me dijo algo como Frank o Fernando, pero no lo recuerdo- dijo moviendo graciosamente la cabeza.

-Se llama Francisco- dijo la muchacha sentada a la mesa, es jugador de baloncesto, pertenece al equipo provincial, es amigo de mi hermano- contestó.

-Muévete Pilar, después del desayuno nos vamos- dijo Isabel

-Tan temprano, si podemos quedarnos un poco y bañarnos en la playa- protestó

-No, debo ir al gimnasio hoy, sino mi entrenador me mata-

Pilar molesta se levantó y comenzó a recoger su ropa.

-¿Cuándo nos vemos de nuevo?- preguntó Marcos

-Te dejo mi número y me llamas, okey- dijo sonriéndole mientras salía en dirección a la máquina. Lo besó con cariño y cerró la puerta, poniendo en marcha el motor, las ruedas como siempre chirriaron sobre el asfalto, dejando una estera luminosa de miles colores.

Cuando llegaron a la Habana, dejó a Pilar en su casa y se dirigió al Hotel, entró en el gimnasio donde la esperaba Rafael, su entrenador.

-Hola, Rafael, perdona por el retraso, pero tuve un contratiempo- dijo en señal de disculpas. Se dirigió a las taquillas y comenzó a despojarse de la ropa, sacó su ropa de deporte, se vistió, dirigiéndose a los equipos.

Estuvo entrenando durante un buen rato, toda sudorosa y cansada, trataba de esmerarse en realizar los pasos indicados por su entrenados, con los ojos cerrados dejando que su mente volara sobre la arena de una playa desierta, entre la espuma blanca, podía casi sentir el olor del salitre, podía hasta tocar el mar. Había pasado casi una hora cuando cansada ,se dirigió a las duchas, se despojó de toda la ropa y se metió dentro del agua caliente, dejando que el agua limpiara su cuerpo y su mente, que todavía no había recuperado del todo.

Llegó a su casa pasado el mediodía, no tenía intenciones de ir a la escuela, estaba demasiado cansada, prefería meterse en la cama, cosa que hizo sigilosa, para no llamar la atención de mama Rosa, que limpiaba la terraza.

Durmió hasta las 7 de la noche, la luz de la terraza se filtraba por entre las cortinas del cuarto, que permanecían abiertas, la luz caía sobre un gran búcaro de girasoles que adornaba la mesita, se levantó, bajó las escaleras y se dirigió al teléfono, de una pequeña agenda sacó un número, marcó y esperó, el teléfono se sentía timbrar sin resultados, colgó y se dirigió a la cocina.

- Isabel, te sirvo la comida-.

-Y mi familia, sabes algo- -Llamaron, que estaban en Varadero, regresarán el viernes, yo no me imagino que es lo piensa tu madre, si sigue así, es mejor que no regrese tan abusadora que es, dejarte sola durante toda la semana, haciendo todo lo que quieres hacer, sin control, como dormir en la playa.

-¿Quién te lo dijo? -preguntó Isabel temiendo un fuerte regaño.

-Aquí todo se sabe jovencita, y no me gustó para nada, cuando me lo dijeron, así que mira a ver lo que haces o tu madre me sentirá cuando regrese- concluyó desafiándola con la mirada.

-No preocuparte no volverá a ocurrir, te lo prometo.- dijo besándola varias veces sobre la vieja frente.

Isabel entrecerró los ojos, en señal de disgusto, sabía que estaba molesta y podía contárselo a su madre al regreso, verdaderamente mamá Rosa era la única familia que tenía, la otra era solo de vacaciones. Regresó a su cuarto después de oír todo el sermón y comenzó a vestirse, sacó del escaparate un vestido blanco, descubierta la espalda y altos tacones negros, se metió al cuello su cadena de oro, se perfumó, llenando la estancia de un fuerte olor a "Paloma Picazo", salió tirando la puerta, dirigiéndose al garaje.

Atravesó la ciudad alumbrada por las luces de hoteles y centros nocturnos, hasta que llegó a casa de Pilar.
-¡Pilar por favor!-dijo a la criada que abrió la puerta.
-Entre, se está bañando-.

Se sentó en un bello salón, amueblado con gusto, todo indicaba limpieza y lujo, comenzó a fumar un cigarro, cuando apareció en la puerta la madre de Pilar, una mujer trigueña sobre los 40 años, maquillada y vestida para salir.

-Hola, Isabel, Pilar todavía se está bañando, ¿van a salir hoy también después de la parranda de ayer que duró hasta esta mañana?- preguntó con desagrado.

-Solo daremos una vuelta por la ciudad, regresaremos temprano- contestó

-Mira, que mañana tienen que ir a la escuela, ya la responsable del grupo llamó está tarde y no quiero que me llame hasta el director- puntualizó saliendo de la sala.

Isabel frunció las cejas en señal de indiferencias y continuó fumando su cigarro, como si el tema, ni el sermón le importaran mucho, no le gustaba la madre de Pilar, se metía en todo, y no las dejaba vivir. Pilar salió toda perfumada, su minifalda negra con altos tacones y su pulóver blanco, marcaban su figura, en la mano una bolsa del mismo color de los zapatos, sonrió satisfecha de la imagen que veía en el espejo.

-Ya era hora, te he llamado más de diez veces, todo el tiempo el móvil apagado y mamá Rosa me dijo que estabas durmiendo cuando llamé - refunfuñó.

-Estaba cansada, además llamé a Marcos pero no logro comunicarme, así que vamos a divertirnos, quizás lo encontramos en el hotel.

Giraron por las calles de la ciudad, se detuvieron delante del Hotel Habana Libre, atravesaron el lobby y se dirigieron al ascensor, hasta el piso 25, al bar "Las Cañitas".

Se sentaron de frente a los cristales que daban un maravillosa vista de la bahía, todavía podían verse reflejadas en el agua las luces de la ciudad, un fuerte cañonazo anunciaba las 9 de la noche, venia de La Cabaña, castillo colonial que con el faro daba la entrada de los barcos a la bahía de La Habana, durante la colonia se construyó una muralla, para proteger la ciudad de los ataques de corsarios y piratas que deambulaban en busca de fortunas por las aguas del Caribe, o que en viaje hacia Las Islas de las Tortugas, buscaban reparo de los encuentros con la flota de la marina que controlaba las aguas territoriales.

Las puertas de la ciudad se cerraban a las 9 de la noche anunciando a los vecinos con un fuerte cañonazo, que las puertas se estaban por cerrar.   Casi toda la muralla había sido destruida durante la infinidad de ataques, quedando solamente una parte de El Morro y la Cabaña, donde todavía se celebraba en forma simbólica el anuncio del cierre de las puertas.

Casi una hora después apareció Marcos, un escalofrío le recorrió toda la espina dorsal, para detenerse en la base del cuello, venia con un amigo mexicano, se hicieron las presentaciones y se acomodaron, haciendo señales al camarero para que les sirviera de beber. No dejaba de mirarlo, y cuando sus ojos se cruzaban, sentía el estremecimiento de todo su cuerpo, era la primera vez que el corazón le latía fuertemente ante la presencia de un hombre, siempre había tomado las relaciones como encuentros casuales y nada más, pero esta vez era en serio- sonrió se había dejado enganchar por el amor, cuando tanto le temía.

Pasada la medianoche comenzó el espectáculo, las luces se apagaron para dar paso a bailarinas en tangas de color rojo, con la cabeza cubierta de grandes pamelas de flores, bailaban desplazándose por entre las mesas, con una cadencia sensual, con un ritmo increíble, mientras las caderas rimaban con la música, como dijera el poeta nacional Nicolás guillen "mulata de piel canela, con sabor a tabaco y miel".

Durante un rato observaron el espectáculo, rieron, bailaron y al final se quedaron solos sentados a la mesa.

-Te llamé pero no contestabas al teléfono- dijo Isabel un poco molesta.

 -Estaba en casa de mi amigo, y había dejado el teléfono en la máquina, discúlpame, pero cuando vi la llamada, llamé a tu casa y ya te habías ido-.

-Salí temprano, porque fui a buscar a Pilar.

-Discúlpame tesoro, yo también tenía deseos de verte, pero estaba seguro de encontrarte aquí, sé que es tu bar preferido- dijo sonriéndole y dejando ver dos hileras de dientes blancos, dentro de una boca carnosa, mientras sus dedos danzaban sobre la mesa al compás de la música.

-Eres un poco misterioso- refunfuñó mientras lo taladraba con la mirada. -No es cierto, mi vida es un libro abierto, solo tienes que decidirte a leerlo- besándole los dedos uno a uno.

-Siempre que no tenga que traducirlo, espero que sea en español, porque me aburre pasar tanto trabajo- dijo con picardía.

-Te aseguro que soy un libro en verdadero español- puntualizó, agarrándole la mano y sacándola a bailar, la envolvió lentamente entre sus brazos, sintiendo su cuerpo caliente que se pegaba al suyo.

La música se desplazaba por la sala, anestesiando sus sentidos, dejándola sin fuerzas, transportándola lejos, entre las olas de una playa desierta, entre los brazos de Marcos, ahora no le importaba nada, ni su vida, ni su muerte. Isabel se sentía flotar en el aire, tenía un fuerte olor a lavanda en su barba recién afeitada, dejó caer su cabeza sobre sus hombros y se dejó llevar lentamente por todo el salón, sólo las luces que se encendieron, la trajeron de regreso al bar.

Se fueron a la mesa y pidieron otro trago, eran pasadas las 2 de la madrugada. No se cansaba de mirarlo, era bello, con su piel curtida por el sol y sus grandes ojos, que la miraban con amor, se besaron en silencio, una y mil veces hasta perder la noción del tiempo, se sentía transportada, como en un sueño, nunca se había enamorado y ahora se sentía flechada por primera vez, cuando solamente hacía dos días que lo conocía, había quedado fulminada por su mirada penetrante, pero solo ahora comprendía porque, lo sentía tan cerca, parecía conocerlo de toda una vida, se dejó llevar sin poner resistencia.

Casi a las 4 de la madrugada abandonaron el bar en dirección al hotel Nacional donde estaba hospedado. A Pilar no la había vuelto a ver, se había ido con el amigo mexicano, que la llevaría a su casa, mucho antes de comenzar el espectáculo. Subieron por el elevador hasta la habitación y se fundieron en un solo cuerpo, dejando que el sonido del mar aletargara su espíritu y su alma, afuera la luna llena anunciaba la llegada de una bella y soleada mañana de verano, adentro todo enajenaba un olor a amor, a desenfrenado amor, cesaron los lamentos, los rumores, las expresiones de amor el silencio lo cubrió todo.

Se despertó con hambre, casi a las 9, Marcos dormía a su lado plácidamente, lo abrazó y volvieron hacer el amor, pero esta vez, deseando que no terminara nunca. El cielo le pareció cercano, sus manos podían tocarlo, se dejó llevar una y mil veces, volando sobre las olas blancas del océano. Sin oponer resistencia, su deseo de amar y ser amada, la dicha de sentirse transportada, a lo infinito, sin el temor de saber donde andaba.

Bajaron a desayunar, extenuados pero felices. En el parqueo buscó su máquina y se despidieron, prometiéndose verse a la noche nuevamente en el mismo bar.

Llegó a su casa al mediodía, para su sorpresa una máquina azul parqueada en la puerta, le hizo darse cuenta de la llegada de sus padres, subió corriendo las escaleras, mientras trataba de encontrar una justificación para su llegada a esta hora, pero la esperaba mamá Rosa en la entrada del comedor.

-Isabel, madre mía, que bueno que regresaste, tu padre me ha preguntado dos veces por ti, le dije que estabas en la escuela, no sé si me creyeron, así que quítate esa ropa y corre, están en el jardín, con unos amigos.- su rostro denotaba terror, no quería que la culparan de las locuras de Isabel, después de todo, ella hacía lo que quería y no le hacía ningún caso.

Encontró a sus padres sentados en las mesas del jardín, acompañados de unos amigos, mientras bebían unas copas de color rojo.

-Mi amor- dijo su madre abrazándola con cariño, era rubia como Isabel, pero un poco más gorda, aparentaba alrededor de 45 años, bien vestida y maquillada.-Hola mami, ¿cuándo regresaron?

-Hola papi- lo besó con mucho cariño

-Mi princesa, estás bellísima como siempre, cada día te pareces más a tu abuela,

-No decirlo ni jugando, se parece más a mi-dijo su madre golpeándole el hombro con cariño.

Durante todo el almuerzo, no dejaba de pensar en Marco, casi no escuchaba la conversación de su madre, sobre el próximo concierto a Barcelona. Hasta que una frase la puso en alerta.

-Te gustará Barcelona Isabel- dijo el amigo de su padre.

-¿Barcelona? preguntó, taladrando la mirada de su madre.

 -Si jovencita Barcelona, la próxima gira será solamente de una semana y tú vienes conmigo, esta vez no hay escapatoria, tu padre hablará con el director de la escuela.

-Es imposible, tengo los exámenes la próxima semana- mintió

 -Isabel, no digas mentiras, los exámenes no empiezan hasta el próximo mes, además no lo decides tu, ya habíamos sacados los pasajes desde Varadero, se van el domingo.- su padre no aceptaba disculpas, sabía que sería imposible contradecirlo, tenía un carácter fuerte, aunque no lo demostraba su sonrisa abierta y feliz.

Trató de llamar a Marcos, pero el teléfono era desconectado en todo el día, debía esperar al otro día para darle la mala noticia.

Se encontraron en la heladería Coppelia, delante de dos grandes copas de helados.

-Lo siento, pero tengo que ir- dijo desolada.-No preocuparte princesa será solamente una semana- Si, lo sé, pero cómo podré estar sin verte durante toda una semana-dijo basándolo una y mil veces sobre los ojos grandes y expresivos.

-Nos escribiremos e-mail, te llamaré al teléfono, no preocuparte.

-¿lo harás, me lo prometes? dijo frunciendo los labios.

 -Te lo prometo- puso su mano sobre el pecho y entrecruzó los dedos.

Isabel lo golpeó con cariño.

 -Eres un estúpido y engreído embustero, pero te amo- se besaron, mientras el helado se derretía, convirtiéndose en una sopa de diferentes colores.

El aeropuerto internacional "José Martí" estaba repleto de gente que se agolpaban delante del mostrador, chequearon las maletas, mientras Isabel se escondía detrás de un muro, para besar a Marcos. No quería que sus padres supieran todavía de su relación, era mejor mantenerla oculta hasta su regreso.

Se despidieron en silencio, como si fuera la última vez que se verían, miró con tristeza sus ojos a través del cristal de la pecera, dejando que su imagen se quedara grabada en sus ojos. Durante un rato en silencio, esperaron el anuncio de la salida del vuelo, entraron y se acomodó en el asiento y durmió todo el viaje , pero llegaron con menos 2°, el frío era horrible, la belleza de la ciudad, no la vio, no quería sentirse entusiasmada ni feliz, sin su Marco , se pasaron todo el día en el teatro , viendo y repitiendo los ensayos una y otra vez, no dejaba de pensar en Marco, estaba preocupada, la tristeza de la separación la estaba matando, lo amaba más que a su propia vida, no veía la hora de regresar a casa, a su Habana, por eso cuando el avión comenzó aterrizar una semana después y vio las luces de la ciudad , su corazón comenzó a galopar en una carrera increíble.

Se encontraron en la noche en el bar del Habana Libre, se besaron intensamente como si hubieran dejado de verse, por un año y no por una semana.

 -Te extrañaba, amor mío, cuéntame que hiciste durante toda una semana, solo en mi Habana.

-Aproveché para iniciar nuevamente los estudios, me inscribí en la facultad de historia, quiero terminar algo, para poder trabajar, si quiero crear una familia, necesito ser más responsable. ¿Estás jugando, o no?- dijo deslumbrada. -No, no estoy jugando, sabes no me había pasado por la mente la idea de vivir con alguien, de tener una familia, pero durante esta semana, he sentido tu ausencia, y no quiero perderte nuevamente, no quiero ofrecerte un perdedor, creo que te mereces algo mejor, que uno que gasta el dinero de sus antepasados, ¿no te parece?.

-Tienes razón, creo que hasta yo necesito hacer algo de mi vida, casi tengo perdido el año que me falta del pre-universitario, cogeré ejemplo de ti y volveré a estudiar, para sacar las pruebas que me faltan.-dijo sonriente.

Por primera vez su vida iniciaría a coger la forma que había perdido. Y todo se lo debía a su Marco. Lo besó profundamente, prometiéndole amor eterno, sin saber que la eternidad era demasiado tiempo.

Durante semanas no dejaron de verse ni un día, Marcos estudiaba en las noches e Isabel en las mañanas, las tardes las pasaba en el conservatorio, a tocar el violín, Marco la recogía, comían juntos y se separaban al caer la noche, cuando Marco entraba a la facultad. Había recuperado las pruebas y sus notas comenzaban a pasar la media del promedio necesario, para entrar en la academia.

Había presentado a Marco a sus padres, se visitaban, se amaban, decidiendo viajar durante las vacaciones de verano juntos a las montañas. Durmieron juntos. En la mañana partieron en su viaje de conquista, solos con su amor, sin chaperones, ni acompañadores, en dirección a Santiago de Cuba, en la máquina de Marco, un bellísimo auto.

Se hospedaron en el Hotel San Juan, pasaron una semana recorriendo la ciudad y los campos florecidos del verano, casi no conocían el país, estaban deslumbrados con las bellezas que habían encontrado durante el viaje, del amor de la gente humilde, que no tenían el dinero con que ellos habían vivido, se hicieron pasar por pobres, caminando a pie, entre la gente, comiendo donde les cogía la noche, sin importarles para nada, las buenas comodidades y los grandes lujos.

La vida tenía un sabor diferente, más limpia, más hermosa, más digna, como si hubieran vivido hasta ahora sin ver toda la belleza que les rodeaba, todo el perfume de las flores, que crecían a raudales entre las montanas, sin disfrutar del murmullo de infinidades de pájaros, que vivían en los campos de su país, al que casi no conocían, la grande ciudad los había cegado, ahora recobran nuevamente la luz.

Se amaron sobre las piedras del río Yara, sobre la colina, sobre la montaña, sobre todo aquello que podía soportar sus cuerpos calientes y llenos de vida, se amaron hasta el infinito, saciando sus ansias de amar, y sus deseos de vivir, se amaron, simplemente se amaron. Pero la felicidad dura poco.

Las vacaciones habían terminado, debían regresar a la realidad, a su castillo de porcelanas, donde todo brillaba, pero con tan poco amor, que él solo pensarlo, le hizo mover la cabeza, tratando de alejar los malos recuerdos, solo podía contar con su Marco, había decidido cambiar su vida, completamente, trataría de ser ella misma, pero diversa. Sin ni siquiera imaginarse que el destino estaba escrito, y nadie podía cambiarlo, ni su amor por Marco, ni su deseo de cambiar, ni su deseo de vivir, la moneda de su vida estaba echada, solo le quedaba esperar si caería cara o cruz.

Regresaron a la ciudad, a los estudios y durante todo el año hicieron planes para casarse, donde vivirían, cuántos hijos tendrían, como enfrentarían la vida, como morirían viejitos juntos de las manos, sentados en el viejo parque a coger el sol, y la vida comenzó a ser diferente, bella.

Se levantaba temprano para ir a escuela y llenaba de girasoles todas las ventanas de la casa, le hacía recordar a su abuela, cumplía como un ritual, los hábitos de la abuela, pero nunca puso una vela a los pies del San Lázaro que estaba en el jardín, tenía su imagen sobre su pecho en la medallita, pero no era devota como su abuela, había dejado que la imagen se llenara de polvo, sin siquiera guardarla por tantos y tantos años.

Cuando tenía 10 años y su abuela estaba muriendo, en su desesperación prometió al santo del jardín una visita al Rincón a llevarle girasoles, si curaba a su abuela, su abuela murió y lo odió por eso durante toda su vida, sin siquiera saber que su abuela había pedido morir, por la penosa enfermedad y los dolores que la agotaban sobre la cama. No había cumplido su promesa, no quería saber nada del santo que no salvo a su abuelita.

El invierno despojó de flores las matas del jardín, sus padres estaban encantados con Marco, era juicioso, responsable, sería un buen marido y un buen padre, nada más podían pedirle a la vida. Comenzaron a alejarse nuevamente de Isabel, la sabían al seguro entre los brazos de Marcos, entre sus estudios y bajo la mirada de mamá Rosa, decidieron regresar a Varadero, a Barcelona, al fin del mundo, para regresar solamente durante el fin de año.

El matrimonio había sido programado para el verano, Isabel quería que los girasoles de su jardín adornaran la casa, donde se celebraría la ceremonia, además las clases terminaban en Julio, harían la universidad juntos, se habían programado la vida y el futuro, sin saber que su vida y su futuro ya estaba programada desde hacía mucho tiempo, y sus deseos no contaban. El invierno fue pasando y nuevamente los retoños comenzaron a salir, para dar paso a la primavera, el sol radiante lo alumbraba todo, dándole un aspecto divino a los bosques llenos de flores, mariposas e infinidad de gorriones, y Zunzunes.

El verano comenzaba hacerse sentir, el sol rajaba las piedras del mes de junio, los exámenes empezaban a inundar todo su tiempo y los de Marco, los pasillos de la escuela se llenaban de tensiones en espera del fin del curso escolar.

Había regresado a salir con Pilar, que casi había sido desplazada por la compañía de Marco, fue a recogerla para ir juntas a los exámenes.

-Mijita, ojos que te vieron ir y jamás te vieron volver, te veo solamente de pasada en la escuela y basta, ¿qué pájaro se habrá muerto, para que vengas a buscarme? - dijo con ironía, despechada por tanta ausencia.

-Perdóname Pilar, pero el tiempo no me da respiro, los preparativos del matrimonio, los exámenes, la academia, te imaginas- dijo besándola fuerte, pidiendo su perdón.

-Ok, te perdono, pero si te escapas de nuevo, conmigo no te empatas más, ¿de acuerdo?

-Lo prometo, te extrañaba, lo juro- la abrazó, - además Marco está en Pinar del Río, por problemas de unas tierras, regresará la próxima semana.

-Lo sabía, por eso regresaste, así cuando regrese marco, me votas en la basura otra vez dijo enojada

-Te lo prometo, nunca más, tu eres mi mejor amiga, hemos estado separadas por mucho tiempo, ahora recuperaremos el tiempo perdido, tu tendrás tu tiempo y mi Marco el suyo, ¿de acuerdo? vamos que el examen empieza a las 9.

Marco dejó de llamarla, estaba preocupada, pero las pruebas robaban todo su tiempo,

Hasta que la llamó para decirle que había regresado, lo sintió frío y distante, pero pensó que era la preocupación por sus tierras, seguramente había salido mal, con su familia, por varios días, no volvió a sentirlo, hasta que un sábado de Julio se dieron cita, en el Cristo, delante a la bahía de La habana.

Como loca recorrió las calles de La Habana, atravesó la Bahía, hasta las elevaciones del El Cristo, corría para ver de nuevo a su Marco, sin saber que la vida les estaba deparando una mortal estocada de muerte.

Saltó a su cuello, en cuanto lo vio, no dejaba de besarlo, quería borrar el tiempo que habían estado separados. Marcos la separó con cariño.

-Yo también te extrañé amor mío, tenía muchos deseos de verte

-¿Por qué estas triste Marco?

-Estoy preocupado, no me he sentido bien en estos días,

-Claro te faltaba tu mamacita- dijo basándolo

 -Sí, claro, pero no es todo, era un problema de salud, me han salido algunos morados en el cuerpo, comencé hacerme las pruebas, pero hasta la próxima semana no tengo los resultados- dijo cabizbajo

-¿Qué cosa te preocupa?, pudiera ser cualquier problema circulatorio. -No, estoy preocupado porque mi padre le salieron unos morados iguales y murió de leucemia

 -Por amor de dios, deja de decir boberías, ¿leucemia tu?, con ese cuerpo saludable- dijo acariciándola la cabeza y basándolo nuevamente.

Pasaron la tarde juntos, pero Marco la despidió con un beso y no la invitó a venir con él, sabía que estaba preocupado, así que regresó a su casa temprano, lo llamó tarde antes de acostarse, pero no le contestó. Casi durante una semana estuvo distante, frío, como si hubiera dejado de amarla, casi estaba muriendo de preocupación cuando la llamó invitándola a venir al Malecón., Marco estaba ojeroso, flaco y el brillo de sus grandes ojos había desaparecido. -Amor mío ¿qué pasa, que ya no me llamas?, ¿estás enfermo, tienes algún problema?, dímelo y hablaré con mi padre, podremos ayudarte, ¿necesitas dinero?- un cúmulo de preguntas sin respuestas, como si no supiera por dónde empezar. -No Isabel, el problema es más grave, te recuerdas de los morados, fui al médico, me hicieron análisis.

-¿Entonces?, ¿qué tienes?-preguntó asustada.

Por un momento Marco no respondió. Estaban sentados en el muro del malecón, el agua blanca y espumosa golpeaba los arrecifes de la orilla, tenía la mirada perdida, como si la vida se hubiera detenido en su boca, en la frase que debía decir y no sabía cómo decirla, dos grandes lágrimas corrían por sus mejillas, Isabel comenzó a asustarse verdaderamente.

-Isabel, no podemos casarnos- dijo mientras sus ojos, trataban de no mirarla, no quería ver la tristeza que se reflejaba en su rostro, dándole un aire casi infantil.

-Chicho deja de jugar- dijo golpeándole la espalda, como si quisiera evitar nuevamente la misma frase, por terror a que fuera verdad.

-No estoy jugando, Isabel.

-¿No me amas?

-No amor mío, estoy enfermo.

-Por favor dime el resultado, ¿Tienes Leucemia como tu padre?- no preocuparte mi padre te ayudará a buscarte un buen médico, además en estos días de Leucemia no se muere nadie.-No, mamacita, tengo SIDA

Por un momento, todo se puso negro, 4 letras, habían provocado un corte circuito en su cerebro, como si todo el mecanismo de defensa de su cuerpo, en solo unos segundos se hubieran apagado, solamente su respiración agitada le confirmaba que estaba viva, millones de preguntas pasaron por su mente en loca y desenfrenada carrera, pero ninguna tenía una respuesta, abrazó a Marcos y lloraron juntos por un buen tiempo. No sabía cómo consolarlo, no sabía que decirle, pero lo más importante es que se sentía impotente, sin saber qué hacer, pero no dejaría que la vida se lo llevara, no podía permitirlo.

Estuvieron juntos solamente algunos minutos para consolarlo, pero era mejor regresar a su casa para aclararse las ideas, el temor a perderlo era tan fuerte que no comprendía ni por un momento la gravedad del problema, solo al llegar a su casa comenzó a verlo todo un poco más claro. Era importante hablar con Pilar buscarle un buen médico a Marco, tratar de salvarlo.-Si, dime - contestaron al teléfono

-Tengo que decirte algo, es importante- lloraba-Qué pasó, dímelo

-Marcos tiene el SIDA- dijo mientras lloraba desconsolada

-Mi madre, santo cielos-

-Dios mío Isabel, es horrible, ¿ya fuiste tú a hacerte los análisis?

-¿Qué análisis?- su voz sonaba hueca, como lejana

-Isabel por amor de dios, el SIDA es contagioso, pudieras tenerlo tú.

 -Estás loca es imposible yo no me siento nada- contestó, por un momento, su mente comenzó una loca carrera de reflexión, su amor por Marco, no la había dejado ver clara la gravedad de la enfermedad y sobre todo la posibilidad de contagio.

-De todas formas es mejor precaver que tener que lamentar, yo tú, iba a la consulta, ¿quieres que te acompañe?

-Está bien, si eso te hace estar más tranquila, vamos, esta tarde a la consulta, te paso a recoger a las tres- dijo colgando el teléfono, solamente se hacía la misma pregunta una y mil veces ¿cómo salvar a Marco? Las palabras de Pilar sonaban huecas en su mente, su única preocupación era la enfermedad de Marco.

En el consultorio, esperaron durante algunos minutos el turno para entrar, ya dentro Pilar le explicó a la doctora la situación de Marco. -Isabel, debes hacerte estos análisis, temprano en la mañana, y venir la próxima semana a buscar el resultado.

Pasó toda la semana en ansias, tratando de hablar con Marco que no contestaba al teléfono y ella por primera vez comenzó a tener miedo, no podía hablarlo con nadie, sus padres habían regresado a Varadero. Toda la semana fue una pesadilla, cada minuto veía más clara su posición de frente a la enfermedad, hasta que llegó el día de recoger los resultados.

La doctora la hizo acomodarse en una butaca de color rojo, mientras leía atentamente los resultados, sin decirle ni una palabra, guardaba la hoja con atención, hasta que sus palabras rompieron el silencio.

-Tus padres Isabel, ¿donde están?-En Varadero, puede decirme el resultado, ¿por favor?- su voz denotaba ansiedad y una fuerte ansia.

-Creo que tú eres bastante adulta, pero preferiría que vinieras con tus padres.

-Por favor, doctora, ellos no regresarán hasta dentro de 15 días, debe darme el resultado, si es importante los llamaré, ¿de acuerdo?

 -Está bien, voy a confiar en tu madurez, el resultado de los análisis, es positivo Isabel, tienes SIDA.- las palabras salieron de su boca, como un susurro de dolor, tenía delante una vida joven, donde una enfermedad devastadora terminaría por destruirla, y el dolor de darle la noticia le encogió el alma.

Isabel se levantó lentamente asomándose a la ventana. Desde el consultorio se veía el mar; el mar que la había acompañado durante toda su vida, afuera la vida corría, la gente andaba y venía, sin imaginar el dolor que se encerraba dentro de aquellas paredes. Por un momento toda su vida pasó delante de sus ojos, su prepotencia, su vanidad, su soberbia, su máquina, su casa, sus vestidos, sus perfumes, su familia, todo comenzó a desaparecer para dejar paso solamente a la muerte. Cómo era posible, se sentía bien, no tenía ningún síntoma, su vida y la de Marco habían cambiado, no se veían con nadie, ya no frecuentaban la vida nocturna de la ciudad, estudiaban y se preparaban para casarse, como era posible, que todos sus planes, empezaran a derretirse como el helado de chocolate del Coppelia; entre colores y sueños.

Dejó que gruesas lágrimas inundaran sus ojos y sus ideas, que todo su miedo quedara sumido en el silencio, sin todavía entender las palabras de la doctora.

-Escucha Isabel,- dijo abrazándola con cariño, -la situación es crítica, pero podemos iniciar el tratamiento, ahora lo primero es hablar con tus padres- dijo pasándole la mano por la cabeza en señal de comprensión, además debes decirme con quien has tenido relaciones en estos últimos años.

-Solamente he estado con Marco, que es positivo, lo supo la semana pasada, por eso vine a hacerme los análisis,-dijo con la voz en un hilo.

-Está bien, ahora lo importante es darlo a conocer a tus padres, prefieres llamarlos tu o ¿lo hago yo? preguntó

-¡No! , prefiero decírselo yo, ¿por favor?- dijo con una mirada de terror en los ojos.

-Está bien, te doy hasta mañana, para que hables con ellos, sino los llamo y se lo comunico, es importante que lo sepan, tu eres menor de edad- dijo sonriéndole con un poco de lástima en sus ojos tristes.- además no preocuparte; ahora la medicina está muy adelantada y tenemos infinidades de medicamentos que combaten la enfermedad, ya no es tan grave como la pintan, descansa y habla con tus padres.

Sus piernas no mantenían su cuerpo, cuando salió del consultorio, se tambaleaba como un muñeco de trapos, Pilar vino a su encuentro, ayudándola a sentarse.-Dime el resultado.-Positivo- su voz salió de su boca como en un suspiro.

Durante un rato permanecieron sentadas en el sofá, Pilar la confortaba o trataba de confortarla, sin lograrlo, era demasiado horrible encontrar las palabras necesarias sin lastimarla.

Isabel se levantó lentamente dirigiéndose a la máquina, Pilar la seguía con pasos rápidos, aguantándola a cada instante, como queriendo evitar que cayera y se rompiera como una muñeca de porcelana, sin darse cuenta que Isabel estaba rota y sus pedazos comenzarían a caer poco a poco, sin siquiera notarlo.

La máquina se desplazaba lentamente, casi no avanzaba, dejaba que el aire le golpeara el rostro y le alejara la pena, el dolor de saber que había llegado su momento, y todo por su propia culpa, no se daba sosiego, se sentía culpable de haber amado a Marcos, de no haber utilizado la protección necesaria , de saber que lo perdería para siempre, se preguntaba quién moriría primero, y el solo pensamiento de la muerte hizo que se alzaran de puntas todos los pelos del cuerpo y sus ojos se llenaran de lágrimas.

Nunca se había preocupado de conocer, de estudiar, y la noticia la había enfrentado a un tema para ella desconocido, pero al mismo tiempo aterrador.

Dejó a Pilar en su casa y se dirigió a la casona de Miramar, mamá Rosa le dijo que sus padres habían llegado temprano en la mañana, y ahora dormían, en el fondo se alegró de no verlos ahora, subió a su cuarto y se metió en la bañadera de agua caliente, quería que el calor del agua la sacara del letargo donde había caído y por un momento, lo logró, quedando embelesada por horas dentro del agua. Se quedó dormida, soñando que estaba en un jardín llenos de girasoles y su abuela la llamaba a gritos, quería contestarle, pero la boca no lograba emitir sonidos, quería gritar pero no podía, hasta que se despertó bañada en lágrimas.

Su madre estaba tocando en la puerta, no sabía con qué cara mirarla, ni cómo decirle de su dolor, pero debía ser fuerte, se levantó, se envolvió en la toalla, encomendó su alma al diablo y abrió.

Sus ojos estaban enrojecidos, abrazó a su madre, y comenzó a llorar desesperada, por un momento su madre permaneció sorprendida, para luego darse cuenta que algo muy grave estaba ocurriendo, porque Isabel no lloraba jamás, solo durante el entierro de su abuela, lloró descontroladamente, pero solamente tenía 10 años.

-A ver amor mío, dime qué pasa, me estás preocupando- dijo separándola con amor.

Isabel seguía sollozando desconsoladamente, trató de calmarla, como no lo logró, gritó a mamá Rosa desesperada.

-Rosita, prepárame un té de tilo y súbelo- abrazó a Isabel y por un rato, la consoló, acariciándole la cabeza.

-Dime mi vida ¿te pasó algo, tuviste problemas con Marco?

Isabel, trató de sacar fuerzas desde lo profundo de su alma y lo consiguió.

-Estoy enferma, mami, tengo el SIDA- la voz era un susurro.

El silencio de muerte envolvió la habitación, y millones de rayos de sombras atravesaron el pensamiento de su madre, que la miraba sin hablar, como si no hubiera entendido o no quisiera entender la dura realidad, pero los ojos de su hija, no dejaban lugar a dudas, la abrazó gritando desesperada.

-No es posible Isabel, el SIDA solamente lo prenden los homosexuales, debe haber algún error, haremos todas las pruebas nuevamente, te llevaremos a Europa, no preocuparte, yo y tu padre lo resolveremos, como siempre, tú debes estar tranquila- le decía sin darse cuenta que ni el dinero, ni las relaciones, ni nada podrían ayudar a su pequeña hija. Se sintió impotente, culpable por haberla dejado sola todo el tiempo, responsable de lo que estaba pasando y sobre todo aterrorizada de perderla.

Por un rato solo se escucharon sus sollozos, el destino las hacía enfrentarse juntas a la muerte, nunca se sintieron más unidas ahora que la vida las separaba para siempre irremediablemente. Permanecieron encerradas en la habitación por algunas horas, logrando calmar a Isabel, mamá Rosa la ayudaba a darle el tilo, aunque sabían que las tres necesitarían algo para calmarse. La dejaron durmiendo mientras la madre de Isabel enfrentaba al padre.

Comenzaron a pasar los días entre hospitales, pruebas, diagnósticos, los padres de Isabel no se separaban de su lado ni un momento, la acompañaban a todas las pruebas, hasta una mañana, en que le dieron el resultado definitivo.

Era el mes de mayo, todo irradiaba amor, los jardines se llenaban de flores de diferentes colores, el sol se filtraba por entre los árboles y humedecía los rostros bañados de sudor, la gente buscaba abrigo bajo los techos y se abanicaban con revistas y cartones.

En el jardín de la casa de Isabel habían nacido millones de girasoles que cubrían todas las rejas, dándole un aspecto amarillo y divino, como si el sol hubiera bajado del cielo a vivir entre los mortales de la vieja Mansión de Miramar.

Isabel y sus padres salieron temprano para el hospital, esperaban sentados en el vestíbulo al médico que les daría los resultados de todas las pruebas, estaban en el Hospital de Medicina Tropical, a la salida de la ciudad, grande e imponente , todo pintado de blanco, con inmensos jardines de flores que se abrían al paso de médicos y pacientes, dentro todos caminaban envueltos en batas verdes y gorros del mismo color, por un rato, miró por la ventana los niños, que corrían por el parque vecino, sonrió, su madre le acarició la cabeza y sonrieron juntas de las trastadas que hacían los pequeños en el parque, se habían compenetrado mucho en estos días, casi no la perdía de vista, la ayudaba en todo, se bañaban juntas en la piscina, veían filmes viejos de la familia, recordaban juntas a la abuela, y los tiempos pasados cuando era niña, le hubiese gustado descubrir esta felicidad en otro momento, pero el destino era injusto, se lo daba y se lo quitaba, todo al mismo tiempo, movió la cabeza para alejar tan brutales recuerdos, y se puso de pie, la enfermera les pedía entrar en consulta.

Se sentaron juntos, con los corazones que se unían en un solo latido, y esperaron ansiosos, desafiando a la muerte, que sobrevolaba sobre sus cabezas, reclamando lo que era suyo y solo suyo.

-Habíamos repetido todas las pruebas, me apena tantísimo, pero es positivo el resultado, ahora solo nos queda ponerle los tratamientos para detener las infecciones de los órganos internos, que es una de las posibles complicaciones, es una enfermedad irreversible, sobre todo contagiosa, por lo que debemos ingresarla en la Finca Los Cocos, no deben preocuparse, le daremos pases todos los fines de semana, y podrán venir a visitarla cada vez que lo deseen, lo importante es que allí los cuidados y los tratamientos serán más específicos.

El padre de Isabel estaba ansioso, quería saber todos los pormenores de la enfermedad y como ayudarla.
-Doctora, ¿qué tratamientos debe llevar?

Los cócteles de medicinas inhibidoras de las dos enzimas son hasta ahora la fórmula más efectiva, mejora la calidad de vida de los portadores de VIH y enfermos de Sida, sin frenar el efecto del virus sistema inmunológico y, en consecuencia, reducir la mortalidad, esta combinaciones de fármacos y los esquemas de tratamientos deben establecerse teniendo en consideración cada tipo de paciente individualmente, es por este motivo que concentramos todos los enfermos en el sanatorio Los Cocos.

Es una bellísima finca ubicada en las afueras de Santiago de las Vegas, a vente kilómetros de La Habana. Allí se clasifican los pacientes, que pueden salir los fines de semanas y los que deben salir con un acompañante, teniendo en consideración el grado de responsabilidad, para evitar nuevos contagios.

-Eso no quiere decir que estés prisionera- sonrió mientras le acariciaba la cabeza, en señal de compasión- solo estarás el tiempo necesario para levantarte un poco las defensas del cuerpo, cuando estés bien, regresarás a tu casa.

Tenía la mirada helada, fija en su madre, que no dejaba de llorar, no soportaba la idea de alejarse de su casa, sus amigos, su vida, pero la realidad era demasiado cruel para no tomarla en cuenta, movió la cabeza para despejar los malos pensamientos y sonrió.

- Ay mami no preocuparte, vendré a casa los fines de semanas, así podrás descansar de mi al menos por unos días- dijo guiñándole un ojo a su padre, que trataba de mirar por la ventana, sin conseguirlo, aferrando sus manos a la reja, mientras los ojos se les llenaban de lágrimas.

-Doctora- preguntó su padre- es necesario recuperarla en la finca, no podríamos contratar una enfermera en casa que la cuide.-No - dijo tajante- los tratamientos y el control de los infectados, por su seguridad es mejor concentrarlos en un solo lugar, por el bien del resto de la gente, es necesario cumplir todas las orientaciones de cuarentena, además no puede salir del país, debe permanecer en la clínica, hasta que el riesgo de contagio disminuya- puntualizó.

- ¿Cuándo debo entrar?-

- El viernes en la mañana, yo te estaré esperando y pasaré todo el día contigo, para que no te sientas sola, al menos hasta que te habitúes al resto de los internos, estoy segura que estarás bien, todos son muy serviciales, y lograrás cantidad de amigos de tu edad, que como tu están internos en la finca- contestó mientras cerraba la carpeta clínica que bailaban unas letras azules con el nombre. Isabel.

Abandonaron el hospital, cabizbajos y tristes, con el corazón apretado y la boca reseca, no hablaron durante todo el camino, al llegar a casa se metió en su cuarto y lloró, no eran lágrimas de miedo a la muerte, eran lágrimas de miedo a la vida que le tocaría vivir a partir de ese momento, impotencia por no haber escuchado los consejos de protección durante el sexo, cosa que consideraba lejana, nunca imaginó que le pudiera suceder a ella, había aprendido la lección, solo que el precio que debía pagar era demasiado caro.

No había sabido nada más de Marco, el teléfono estaba siempre apagado. Pilar lo había buscado incansable entre hotel y bar, pero había sido imposible encontrarlo, nadie lo había visto, era como si la tierra se lo hubiera tragado.

El fatídico viernes había llegado, no había sabido nada de Marco, entre análisis y clínica, su tiempo se había detenido como el péndulo de un viejo reloj, recogió sus cosas en una bolsa y se dispuso a partir, dejándole un recado en la mensajería, sus padres la esperaban en el comedor desde el amanecer, los sintió discutir en voz alta, los dos se sentían responsables de su enfermedad, se reprochaban no haberle prestado más atención, no haberle hecho más compañía, ahora ya era demasiado tarde, las cartas estaban echadas, había llegado el momento de hacer la primera jugada.

El jardinero había preparado una cesta de girasoles del jardín, en una maceta con tierra de su patio acomodándola sobre el asiento de la máquina, para que la acompañara durante el ingreso.   Miró la casa por última vez, sabía que había comprado un billete de   ida solamente, un dolor profundo la envolvió, quitándole el respiro.

Llegaron a la finca "Los Cocos" al mediodía, todo estaba rodeado de campo de maíz, y en el centro una imponente casa del siglo XVIII, se alzaba desafiante por entre la vegetación la reja un médico los estaba esperando, acompañándolos dentro del portón, caminaron a través de los jardines llenos de girasoles y margaritas, al final un amplio campo de béisbol, donde un grupo de muchachos corría divertido, detrás de un gordo, que trataba de llegar a la base ante los gritos de entusiasmo del resto de los jugadores.

La casa principal se alzaba en un solo piso, amplia, ventilada y con los techos de zinc rojo, grandes ventanales dejaban entrar el sol y una brisa refrescante inundaba los pasillos. Por un momento cerró los ojos y la semejanza del lugar con su casa la tranquilizó. El lugar era bellísimo, pero como prisión cambiaba su aspecto acogedor, y se convertía verdaderamente en lo que era, una prisión.

En una oficina su doctora conversaba con una colega, al verlos llegar se levantaron sonrientes y salieron a su encuentro.

- Mira Isabel, te presento a la Dra. León, a partir de ahora te atenderá en la clínica, aunque si tienes algún problema puedes llamarme, pero estoy segura que no será necesario, aquí todos aman a la Dra. León- dijo sonriendo.

- Es un placer conocerte, Isabel, no debes preocuparte, te ayudaremos a sobrepasar la enfermedad lo mejor posible, te haremos las pruebas necesarias, pero comenzaremos mañana, hoy empezarás a conocernos, te hará sentirte mejor, y esta noche tenemos una función de teatro, con los internos, verás, te divertirás, son todos unos amores- dijo acariciándole la cabeza.

-Viene, te llevo a tu habitación dijo la Dra. León, pasándole un brazo por la espalda, con gran amor- ustedes pueden venir también- dijo dirigiéndose a los padres de Isabel.

La habitación era modesta, llena de luz, habían dos camitas, tendidas con la misma sábana, de color naranja, y en las cómodas, dos mesitas de noche, con dos lámparas de color naranja, hasta las cortinas eran naranjas, sonrió, parecía un cesto grande de naranjas, no le parecía un lugar desagradable, pero no era su casa, y su entrecejo volvió a arrugarse en señal de preocupación. Colocó la maceta de girasoles sobre el marco de la ventana y sonrió, quería trasmitir a sus padres un poco de tranquilidad.

Los despidió en la puerta, se metió en su cuarto, cerró los ojos, no quería ni ver ni oír, ni escuchar, comenzó a sentir como sus ojos se cerraban, no había dormido nada durante la noche, no había querido tomar las gotas que le había dado la doctora, toda la noche la pasó mirando las luces del jardín, hasta que amaneció. -Despiértate, es la hora de la comida, dice la leonesa que debes ir a comer- Dijo zarandeándola con los brazos, hasta despertarla.

Era trigueña, con los pelos largos y encara colados, tendría alrededor de 18 años, su boca relucía dentro de unos dientes blancos como perlas dentro de una cuenca

-Yo soy Piedad, y este es mi cuarto, te has pasado todo el día durmiendo, quería despertarte, pero la leonesa no me dejó- dijo murmurando en voz baja.-

¿Quién es la leonesa?, tú la conoces; la Dra. León, aquí todos le decimos la leonesa, porque cuando se molesta ruge como un león- Anda, vamos a comer, que si no nos vienen a buscar y nos ponen un suero- dijo burlándose, mientras reía a carcajadas, inundando todo el cuarto con su alegría contagiosa.

El comedor estaba al final de los pasillos, 10 mesitas de 4 sillas cubrían todo el espacio, estaban sentados mezclados médicos enfermeras y pacientes, solo los diferenciaba el color de los uniformes, los médicos de verde, las enfermeras de blanco y los pacientes de amarillo, como los girasoles del jardín de la entrada.

Se sentó en una mesa con Piedad, que inició a presentarle a todos los presentes entre risas y jaranas.

-Este es el canario, este el tigre, esta es la paloma.- decía nominando uno a uno a todos los presentes.

-No le hagas caso, su padre trabaja en el zoológico, por eso a todos les pone nombre de animales, ella es la monita- rió la Doctora León.

Por un momento olvidó su enfermedad, la comida era buena y bien confeccionada, terminó por comérselo todo, hasta el dulce y al final caminaron hasta el teatro para ver la función.

Era un grupo improvisado de actores, que hablaban de un futuro incierto, por un momento se olvidó de todo y cerró los ojos, ¿qué estaría haciendo Marcos, Pilar, su mamá, su papá? .Sus ojos se le llenaron de lágrimas, era mejor irse a dormir, caminó por el pasillo desierto hasta su cuarto y se acostó, durmiendo plácidamente hasta el amanecer.

En la mañana una enfermera la despertó, debía hacerse los análisis e iniciar la terapia, se dirigió al laboratorio, una enfermera preparaba los utensilios necesarios, estuvo en el laboratorio toda la mañana, entre pruebas y medicinas, solo a la hora del almuerzo la dejaron salir, se dirigió al comedor, y se sentó con su vecina de cuarto, que le había cuidado un puesto, comió con desgano, le habían acribillado el brazo, le dolía la cabeza, y los nervios los tenía a flor de piel.

Cuando terminaron de comer, la invitaron a jugar dominó, pero prefería ir a su habitación a dormir, los pasillos le daban vuelta, casi no podía mantenerse en pie, por un momento todo comenzó a girar a su alrededor, despertó en la clínica, con la doctora León que le acariciaba la cabeza. - No preocuparte, es solamente la presión, que te ha bajado un poco, la controlaremos y todo volverá a la normalidad-.
-Seguro doctora, porque yo no me siento bien, todavía la cabeza me gira, y me siento demasiado débil-
-No preocuparte, es normal en tu enfermedad, que tengas algún síntoma, pero no es de preocuparse, tú has todo lo que te decimos y te sentirás mejor. -Es solamente glucosa, para levantarte un poco, nada de grave, no preocuparte- le acarició la cabeza en señal de comprensión, mientras metía la aguja

dentro de la vena, abriendo la válvula para que corriera el liquido cristalino.

Estuvo en la clínica durante toda la tarde, desde la cama sentía a los muchachos que jugaban pelota, la clínica estaba fuera del hospital, en el medio del jardín, un poco aislada, estaban los casos más graves y los que estaban muriendo, por un momento la carne se le puso de gallina, estaba asustada y hubiera querido que su madre estuviera allí, pero era imposible, no le avisarían por algo insignificante, pero en la tarde, al despertar, sus padres estaban sentados delante de su cama, se alegró de verlos, pero el temor a estar muriendo le robó la alegría.

No preocuparte, no tienes nada, solo la presión un poco baja, pero nos llamaron, porque dicen que te vieron muy triste, y quizás la presencia de nosotros te ayudaría a calmarte- dijo sonriendo- ahora cuéntame, ¿cuántas amistades has hecho en estos dos días?
Por un momento creyó en las palabras de su madre, podría tener razón, pero si no fuera así, algo estaba ocurriendo en su cuerpo, se sentía tan débil, como si hubiera realizado un gran esfuerzo.

Estuvieron con ella hasta la noche que la trasladaron a la enfermería de la casa, y de ahí a su cuarto, había mejorado y la doctora decidió darle de alta de la clínica.

Los días comenzaron a pasar monótonos, sin ninguna variación. Pilar y los otros enfermos habían salido a visitar algunas escuelas, para orientar a los más jóvenes, pero ella no estaba interesada, nada le daba satisfacción, era inútil perder el tiempo, prefería permanecer en su habitación, al menos por ahora. el entra y sale de los enfermos, las discusiones en biblioteca sobre la enfermedad, todo le parecía demasiado inútil, no había vuelto a saber nada de Marcos, aunque Pilar la había buscado por toda la ciudad, sin respuestas.

Tres semanas más tarde, ocurrió algo increíble, Piedad le avisó, que habían traído un enfermo grave y estaba en la clínica, bajo el control de todo el equipo médico, todos comentaban que se estaba muriendo, la curiosidad no era su fuerte, no quería ver nada que pudiera asustarla, pero Piedad era demasiado insistente y la convenció a curiosear por detrás de la ventanas del jardín.

Llegaron sigilosas hasta la ventana, escondiéndose detrás de los girasoles, lo tenían en un cuarto todo cerrado, solamente las ventanas del jardín tenían las cortinas corridas, tenía aparatos en todo el cuerpo, era delgado, casi transparente, el pelo corto le caía sobre la frente, su respiro era irregular, a cada rato la enfermera le ponía el oxígeno y le acariciaba la cabeza en señal de cariño, comenzaron a cambiarle las sábanas, girándolo de frente a la ventana , su rostro estaba triste, con los ojos cerrados, pero Isabel sintió un fuerte presentimiento, el corazón comenzó a latirle desenfrenadamente, ese rostro, esa cara eran de su Marco, desesperadamente atravesó el espacio que la separaba de la entrada de la clínica, corrió como loca por los pasillos, abrió la puerta y entró.

- Por favor, Isabel no puedes estar aquí- le dijo la Dra. León.- es un paciente que necesita descansar, es mejor que regreses a la casona-

- Déjeme verlo doctora, es mi Marco- dijo entre sollozos
La doctora la miraba preocupada, haciendo señales a la enfermera de cuidar al paciente, mientras se dirigía a la puerta con Isabel.

- Está bien, te dejaré entrar pero no ahora, debes calmarte, así lo único que puedes hacer es alterarlo y está delicado, necesita de todo nuestro apoyo para mejorarse, prométeme que regresarás a la casa, mañana, si esta mejor te dejaré verlo, es por su bien Isabel.

- Piedad, acompáñala por favor, directo a la casa, después yo voy a verlas, antes de dormir, te explicaré todo lo que quieras saber.

Se tiró en la cama como muerta, solo le importaba morir, la tristeza de ver a Marco después de tanto tiempo, en esa camilla, lleno de tubos, le apretó el alma, no pudo dormir en toda la noche, la doctora no vino a verla, sentada en la ventana vigiló toda la noche, hasta el amanecer, para ver si corrían los médicos o las enfermeras, ya en la madrugada, al no notar nada anormal, se calmó, dejando que millones de lágrimas corrieran insaciables, para caer en la ventana, donde se abrían a la mañana los girasoles.

La doctora vino a buscarla temprano para que viera a Marcos.

- Escúchame, solamente te dejaré visitarlo algunos minutos, su familia debe estar al llegar y no puede tener demasiadas emociones en un día, ¿de acuerdo?- preguntó esperando una respuesta afirmativa.

 -Sí, está bien- respondió con tristeza.

-¡Ah! otra cosa, si veo que te alteras, te saco de la habitación, entendido-

-No preocuparse doctora, trataré de darle ánimo, no lo alteraré.

Le pusieron una bata verde y la dejaron entrar, Marcos dormía sobre un lado de la cama, le habían quitado los aparatos y respiraba acompasadamente.

 - Marco, Marco, despiértate amor mío, soy yo Isabel- le acarició la cabeza con tanto amor, cuidando de no lastimarlo.

Los ojos de Marco se abrieron guardándola fijamente, por un momento, no dijeron nada, sólo se abrazaron, silenciosos, olvidándose de todo y de todos, los dos juntos, dejando que sus recuerdos los transportaran a la playa desierta de sus sueños.

- Perdóname Isabel, ha sido todo culpa mía, yo te pegué la enfermedad, pero te lo juro, no lo sabía, habían pasado más de dos años, no podía saber que estaba infectado, ahora hasta tú estás enferma, y todo por mi culpa, por mi culpa- mientras dejaba que grandes lágrimas se deslizaran por su rostro demacrado y ojeroso.

-Mi irresponsabilidad nos ha destruido, no tenía control, pasaba la noche entre mujeres que a veces ni conocía, hasta que te vi por primera vez en la piscina del hotel y todo cambió, te aseguro que si solamente lo hubiera imaginado, todo esto no estaría pasando- suspiró

- No, no tienes por qué culparte, hasta yo soy una irresponsable, debía haber insistido de protegernos, y no lo hice, además yo también llevaba una vida desenfrenada, antes de conocerte Marco, pero todo fue diferente cuando nos conocimos, ahora es demasiado tarde, lo importante es curarnos, es lo único que importa- dijo besándole la cabeza.

-Además, ahora estaremos juntos, estaba muy preocupada; no había sabido nada de ti, desde hacía algunos meses, parecía que la tierra te había tragado.

-Estaba en Pinar con mis tíos, no estaba bien, además tenía miedo contagiarte, sin saber que ya lo había hecho-

-No preocuparte, descansa, ahora lo enfrentaremos juntos, a este monstruo lo venceremos entre los dos, te lo aseguro- dijo besándolo nuevamente.

-Sí, tienes razón, al menos tu enfermedad la tienen controlada, y me alegro tanto, yo sin embargo, no me hago ilusiones, esperé demasiado para iniciar las curas; ahora es demasiado tarde, estoy muriendo-

-No Marco, debes luchar, la doctora me dijo que puedes mejorarte, debías haber venido para la Finca desde el mes pasado, en la clínica de los amigos de tu tío, te has empeorado, si haces todo lo que te dicen y te tomas todos los medicamentos, puedes curarte, o al menos, controlar las recaídas, además ahora podemos estar juntos, no importa cuánto tiempo.

Sabía que estaba mintiendo, que su enfermedad había alcanzado un estado demasiado avanzado, pero sabía que era fuerte y podría mejorar, se aferró a la idea con todas sus fuerzas, veía la muerte distante, inalcanzable, no la dejaría acercarse a su Marco.

Durante toda la convalecencia, permaneció a su lado, hasta que comenzó a mejorar y los trasladaron para la enfermería, pasaban todos los días juntos, caminaban por los jardines, veían jugar beisbol y reían con los muchachos mientras perseguían al gordo que se desplazaba como una bola por entre las bases

Estaban sentados en el banco del parque, rodeado de flores, mientras algunos muchachos corrían detrás de una pelota.

-Sabes amor mío- dijo acariciándole la cabeza lentamente.-Si mamacita.

-Ya han pasado dos meses, y estás mucho mejor, creo que si sigues así, te dejarán salir de pase a la calle.

-Ojalá, porque tus padres me van a matar si continúo a tenerte prisionera en la finca, sales el viernes y ya el sábado estás de regreso, y no es justo por tu familia, que también te necesita- puntualizó

-Sí, es cierto, pero ellos lo tienen todo, tu solamente me tienes a mí, porque tus tíos han venido solamente una vez a verte, si yo salgo el fin de semana te quedas solo, y no quiero, de acuerdo, así que trata de cuidarte para salir los dos juntos.

-Por suerte que hemos recibido las visitas de Pilar, que es un poco loca y nos alegra el domingo- dijo mientras reía.

-Si es verdaderamente loca, cuando se va, me deja extenuada, es un verdadera amiga, porque todos los demás nos tienen terror, fíjate que hasta el jardinero de mi casa se fue, estaba aterrorizado que le pegara la enfermedad, cuanta ignorancia.

-Es lo mismo que le ocurre a mis tíos y primos, no quieren acercarse por miedo al contagio, pobrecitos cuanta ignorancia.

-Sabes una cosa, ayer estuve en una conferencia en el auditorio, por algunos minutos, y era interesante lo que estaban hablando.-Hay Marco, para qué sirve si ya estamos enfermos- preguntó Isabel

-Quizás deberíamos preocuparnos un poco por ayudar a otros jóvenes como nosotros, ¿no te parece?-No, no voy a perder mi tiempo entre lamentos, olvídalo, estamos mejor solitos, solitos- dijo besándolo nuevamente

-Eres cabezona, mi princesa, prométeme que lo pensarás, que si yo me muero primero, lo pensarás, promételo, vamos promételo- la zarandeó con fuerza, mientras le abría los ojos con picardía y tanto amor.

-Está bien, si tu mueres, que no sucederá, lo pensaré- dijo golpeándole la espalda en señal de burla.

Dos semanas más tarde, entró un nuevo paciente, se llamaba Orlando, tendría aproximadamente 50 años, llevaba más de 10 años en un sanatorio a Santiago de Cuba, lo habían trasladado, porque necesita de medicamentos que solamente aquí podía tener.

Una mañana cuando regresaba de sus paseos con Marco lo encontró delante de su cuarto, la curiosidad hizo que mirara dentro, el cuarto era como el de ella, solo lo diferenciaba una mesita con la estatua de un San Lázaro, o Babalu Aye, como le llamaba su abuela. Estaba lleno de girasoles y velas, las luces le dan un aire de paz, ¿tú eres Isabel? –preguntó sonriendo.

-Sí, y tu Orlando, te conocía de nombre, Pilar me ha hablado de ti, sabes eres devoto a Babalu Aye como mi abuelita.

-Eres creyente Isabel-preguntó

-Creo, pero a mi manera.

-Sabes, a los santos les gusta sentirse amados, si no nos ignoran, además gracias a ellos estamos aquí, sobre la tierra y continuamos a luchar por la vida, deberías creer, estoy segura que Baba, te lo agradecerá, y harás muy feliz a tu abuelita, donde quiera que esté.--Yo le pongo girasoles- contestó

-Eso no basta, debes tener fe, y creer, sabes te sentirás mejor.

-Mira, mañana bien temprano vamos hasta el Rincón, una de las enfermera nos acompañará en la guagüita, si quieres vienes con nosotros, y le llevas algunos girasoles, estoy segura que te lo agradecerá.

-No lo sé, veremos, te dejo tengo que ir al comedor, nos vemos.- dijo mientras dejaba el aire inundado con su sonrisa.

A la mañana siguiente no fue, durmió fino a tarde, se lo cruzaba en los pasillos y cambiaba de lugar, no quería comprometerse. Hasta que Marco se agravó nuevamente, lo internaron en el hospital, Isabel estaba desesperada, no la dejaban entrar a verlo, por lo que se refugió en el cuarto de Orlando, delante del San Lázaro, durante días fue con ellos al santuario del Rincón a poner flores por su Marco, estaba desesperada, hasta una mañana, al regresar de su gira del santuario, la esperaba Pilar contentísima.

-Corre, trajeron a Marcos, está en el hospitalito.-dijo empujándola hacia el jardín.

Corrió como loca, hasta que lo vio, vestido de blanco, flaco, y triste, pero vivo, se besaron apasionadamente, sin dejar de darles las gracias con infinidades de besos a la medalla de su abuela que tenía en el cuello. -Gracias Babá, gracias, me has escuchado, te prometo que no te abandonaré jamás, te lo aseguro- dijo besando una y otra vez la imagen de la medalla.

-Qué cosa me he perdido en estos días, ¿quién es Babá?

 -Es el santo de mi abuelita, Babalu Aye, le he rezado tanto que me escuchó, y estás aquí, olvídalo más tarde te contaré.

 -Si es cierto- dijo la doctora León, entrando en el cuarto, ahora jovencita a comer, déjame al paciente que descanse, podrás verlo nuevamente a la tarde, si come, que últimamente no quiere comer-dijo frunciendo los ojos en señal de desagrado.

 -Ah sí, doctora, pues verás sino comes no vengo, así que tú decides- dijo golpeándole la mejilla.-Está bien, comeré un poco, nos vemos a la tarde-

Isabel regresó al comedor y se lanzó en los brazos de Orlando.- Regresó padrino, mi Marco regresó- dijo sonriente-Lo sabía que se mejoraría, estaba seguro, ahora le queda cuidarse.

Los días iniciaron su ritmo normal, solamente su amistad con el padrino se hizo más fuerte, se veían todos los días antes que se apagaran las luces, hasta Marco había iniciado a encelarse de tanta complicidad que había entre ellos.

Salía los fines de semanas a su casa, para regresar el lunes ansiosa de verlo y estar juntos, casi se había olvidado de su enfermedad, todo iba "viento en popa y a toda vela" solo se la recordaba los análisis, o tomarse el famoso cóctel milagroso. Sus padres la llamaban todos los días, se habían asentado en la casona de Miramar, ya no viajaban, ni salían de la ciudad, estaban contentos con la mejoría de Isabel, no podían saber que una gran tormenta, estaba por cubrir de negro todo su pequeño mundo, la muerte vestida de negro acechaba la finca "Los Cocos".

Pilar vino a visitarla, comieron los cuatros debajo de un gran álamo que había en los campos, que rodeaban el sanatorio.
-Miren todo lo que he traído, tu madre y mamá Rosa pensaban que venía en un camión, no puedo imaginarme quién se va a comer toda esta comida- decía riendo, mientras ponía sobre un mantel bandejas, cazuelas y platos.
-Óyeme Isabel, que bien está el doctorcito que me abrió la puerta- dijo pasándose la lengua por los labios y saboreándose, mientras los ojos se viraban en blanco-Por favor Pilar, no es un medico, es un enfermo, y tiene VIH, pues

mira que no lo parece, además "lo cortés no quita lo valiente", belleza hay, aunque esté un poco destruida- río

Marcos e Isabel corearon su risa, alegre y cascabelera, eran felices, no sabrían jamás por cuanto tiempo, pero no importaba, lo importante era aprovechar el presente, del futuro que se ocuparan otros, por encima de ellos. Dos meses más tarde se agravó.

Una noche Isabel se despertó sobresaltada por un bruto sueño, Marco había venido a buscarla con un ramo de girasoles en las manos, le decía que estaban curados y que podían irse, comenzaron atravesar el portón cogidos de las manos, cuando un fuerte alboroto la despertó,   las enfermeras corrían por los pasillos, pero la mandaron a entrar, todos se dirigían a la clínica, parecía que había alguien grave,

Piedad le dijo de no preocuparse, siempre había alguien grave, que mejoraba al otro día, por lo que entró y cerró la puerta, no pudo volver a dormirse, estaba preocupada, no se le quitaba de la cabeza la cara de Marcos y no sabía por qué, ni entendía porque, si él estaba bien, habían estado juntos toda la tarde, bailando en la plazoleta del parque donde ponían música todos los días y riendo con Piedad y otros amigos.

A la mañana siguiente, cuando se despertó la Dra. León la esperaba en la enfermería, la había mandado a buscar, pero primero debía ver a Marcos, atravesó los pasillos hasta su habitación, pero estaba vacía, seguro que había ido a desayunar, pensó, pero sin esperarla, era imposible, seguro que estaba haciéndose análisis en el laboratorio.

Se dirigió a la enfermería donde la esperaba la Dra., pero no estaba sola, sus padres estaban con ella, y conversaban en voz baja, cuando la vieron entrar le sonrieron.

- Siéntate Isabel, queremos hablar contigo- le dijo- tu sabes que debes ser fuerte, con tu enfermedad no puedes tener emociones que puedan descompensar tu presión, por eso he mandado a buscar a tus padres, tenemos que hablarte y quería que ellos estuvieran presentes.

-Qué ocurre doctora, yo me tomo los medicamentos, me hago la terapia según lo acordado, no hay de qué preocuparse, yo estoy bien, y ahora ya no me siento sola, yo y Marco, estamos siempre juntos, el me da fuerzas a mí y yo le doy fuerzas a él, cuando comenzamos a deprimirnos- le dijo sonriente.

-Es de Marcos, que queremos hablarte Isabel, su enfermedad estaba mucho más avanzada que la tuya, tenía una gran descompensación en casi todo los órganos, fundamentalmente el hígado le estaba funcionando mal, esto tú lo sabes, porque lo habías hablado hace algunos días, anoche se puso mal, se agravó, no pudimos hacer nada para salvarlo, pero tú debes ser fuerte Isabel, debes continuar luchando, para que donde quiera que él esté se sienta orgulloso de ti.

La doctora continuaba hablando, pero ella no la escuchaba, todo comenzó a ponerse negro, hasta perder completamente la noción de donde estaba, despertó en la clínica entre sollozos, mientras sus padres le acariciaban la cabeza.
 -Sabemos cómo te sientes, Isabel, pero debes ser fuerte, por nosotros, por Marcos- le decía besándola con cariño.

La dejaron salir para el entierro de Marco, vivió en un letargo el velorio, solo comenzó a darse cuenta de la pérdida cuando las máquinas que acompañaban a su Marco empezaron a atravesar la hilera de árboles del cementerio Colón, cuando vio desparecer la caja dentro del hueco , entre el sollozo de sus amigos y familiares.

Solo entonces comprendió que la muerte le seguía los pasos, y no la dejaría nunca más, no importaba lo que hiciera o dejara de hacer, estaría allí escondida, acechándola, en espera de su momento y nada podía hacer para evitarlo. Cada mañana recogía girasoles del jardín y los ponía en el banco del parque donde se sentaba en las noches con Marco, lloraba incansablemente, su vida estaba vacía, cada vez que pasaba por el cuarto de Marcos, dejaba de vivir, ya no le temía a la muerte, no quería seguir luchando, de todas formas su vida estaba marcada, solo le quedaba esperar a que le llegara su turno, hasta que conoció a Soledad.

La habían traído grave de otro hospital para ingresarla en la clínica, estuvo convaleciente durante dos meses, hasta que comenzó a mejorarse, era dinámica, había iniciado a preparar seminarios de prevenciones para dar conferencias en las escuelas y universidades, pertenecía a un grupo de apoyo a los enfermos de SIDA. Durante días trató se involucrarla en sus conferencias, pero a Isabel no le interesaba nada, no asistía a ninguna, a pesar de las presiones que le hacía Pilar.

Una mañana sentada en el banco del parque, se encontró a Soledad, no quería hablarle, así que decidió regresar más tarde, pero Soledad la detuvo por un brazo.

-Espera, no te vayas-

-Qué quieres, no me interesan tus conferencias, Marco está muerto, no me servirán de nada, no me curaran, ¿por qué tengo que escucharte?

 -Te equivocas Isabel, conozco tu historia, todos aquí tenemos una historia que contar, no dejamos que la muerte nos lleve, si todavía no habíamos cumplido nuestro destino, luchamos, por vivir, y lo más importante ayudamos a vivir a otros que como nosotros, no están preparados, para enfrentar esta enfermedad y mucho menos para prevenirla, no te pido que me creas, solo te pido que me des la oportunidad de demostrarte que puedes ser útil a la sociedad en la que vivimos y donde millones de jóvenes inician un camino a la muerte todo los días, por falta de conocimiento, por falta de ayuda, y tantas veces por no querer solamente escuchar, como les pasó a ti y a Marco, no dejes que cometan el mismo error, al menos cuando llegue la muerte, que llegará de todas formas, que sea ayudando a los demás, dejando que sea el SIDA quien te mate, no tu poco amor a la vida.

Isabel no le respondió, la miró con tristeza, mientras se alejaba lentamente. Pasaron algunos días donde las palabras de Soledad le golpeaban continuamente.

Durante la conferencia del sábado Soledad la vio sentada en el último asiento, le sonrió, sabía que la había convencido, poco a poco logró envolverla en su entusiasmo por ayudar a los más desesperados, comenzó a estudiar todos los pormenores de la enfermedad, las posibilidades de terapia, tratamientos para sobrevivir a los momentos de complicaciones, daba conferencias, entrevistas y apoyo a la familia de los sidosos, su vida había cambiado, para bien, ahora estaba segura que la prevención era más importante que las curas, recordaba casi vagamente que en su escuela habían dado un seminario, pero ella estaba demasiado complicada para asistir, estaba segura que ese momento había marcado su vida para siempre. Pasaba los fines de semanas con su familia, había vuelto a sonreír, y cuando se despertaba encontraba siempre su ramo de girasoles sobre la almohada, nunca supo quien lo cortaba pero sabía que la presencia de su abuela era cada día más cierta.

Su vida había comenzado a cambiar, había logrado infinidad de amigos, se sentía útil, llena de vida, cuando daba conferencias en los Institutos, controlaba la asistencia y si faltaba algún estudiante, regresaba nuevamente hasta que estaban dispuestos a escucharla.

Estaba segura que su vida había sido corta pero no inútil, por primera vez le pareció que los girasoles estaban más florecidos, y que el sol era más radiante, se levantaba en la mañana y después del desayuno antes de salir en las guaguas, que los llevaban a la ciudad ,recogía un mazo de girasoles y los dejaba sobre el banco del parque donde conversaba en las noches con Marco, se despedía con un beso y un "nos veremos pronto, amor mío, en nuestra playa desierta.

Regresé a la Habana, después de cinco años, pero Isabel había muerto, para todos aquellos que la conocían, pero para mí sonreía feliz, rodeada de girasoles en la pared de mi estudio.